ちくま文庫

初夏ものがたり

山尾悠子
酒井駒子 絵

筑摩書房

目次

扉デザイン　名久井直子

初夏ものがたり

第一話　オリーブ・トーマス

タキ氏は、旅先のホテルのグリルで、早い夕食をとっていた。

正面に見わたされる街の大通りでは、やっと五月の長い日暮れが始まったばかりの時刻だった。ホテルの中二階に位置するメイングリルには、まだ食事の客の姿はなく、閑散としている。たったひとり、総ガラスの窓ぎわの席で、四人用テーブルをひとりで占めたタキ氏がここにいるだけだ。

少し黄ばんだレースのカーテン全体が、まばゆい斜光をいっぱいに浴びている。その中でタキ氏が食事の手を動かすたびに、カットグラスのタンブラーや磁器の皿がきらきら反射しあっている。今、タキ氏はスープを飲んでいるところだ。その席から遠くはなれた、陽ざしの届かない暗い壁ぎわには、ボーイが数人、顔を前にむけたまま整列している。デパートの高級陳列品めいたとりすました表情のまま、退屈しきっているのがわかる。――斜光に満ちてまばゆいほど明るい窓ぎわに対して、こちら側はひと足先に日が暮れたような薄暗さだった。光量の小さい壁灯がもう点《とも》され、その弱い光が、制服の金ボタンの縁を時おりちらりと照らしだす。

その閑散とした気配の雰囲気に浸されたまま、退屈したボーイの列は、無数の無人のテーブル越しにタキ氏ひとりを注視する恰好になっている。

タキ氏は、その視線には少しも気づかないように見えた。東洋的微笑、とボーイたちが秘かに考えているあいまいな意味不明の微笑を口もとに漂わせたまま、急がない手つきで冷たいコンソメを飲み、カーテン越しに日暮れの大通りを眺めたりしている。この地方都市の地元出身者ばかりであるボーイたちにとって、このタキ氏の様子は、日本人というもののイメージからどうやら少しずれているようだった。

この一週間ほど、毎日この時刻になると姿を現わすこの泊まり客の名を、彼らはもう全員が知っていた。勘定書きのサインを毎日見ているのだから、特に調べるまでもなくしぜんにわかったのだったが。そしてここ数日間この客の身分を知ることが彼らの共通の関心事となっていた。

そもそもは、いつも不機嫌で目つきのきつい支配人が、この客を特別に丁重に扱うようにと、珍しく緊張した様子で従業員全員に言いわたしたことがきっかけだった。

注目の中で、投宿以来一週間というもの、タキ氏は一歩もホテルから出ないのだ。朝食と昼食は部屋ですませ、日に一度この時刻にグリルに降りてくるだけで、そのほかには廊下に出てくることとさえない。——観光客のたぐいでないことは、服装を見ればわかった。いつもダークスーツで、同じ暗い色のネクタイをきちんと締めている。東洋人の常で年齢の見当はつきにくかったが、少なくとも、彼らの目にはたいへん若く見えた。子供のような皮膚をしていて、口数は少なく、けれど必要な時には流暢で礼儀正しい英語をしゃべる。外から電話がかかってきたことは一度もなく、こちらからかけた形跡もない。

部屋係のメイドが、奇妙な証言をしていた。あの日本人の部屋のベッドは、使われている形跡がない、と言うのだ。

「寝たあとで、神経質にベッドを整え直してシーツの皺《しわ》まで伸ばして、だから使っていないように見える、なんていうんじゃあないのよ」

と、そのメイドは自信なげに付け加えた。

「だって、ほらわかるでしょう……いくら元どおりに整えたって、一度使われたシーツはどうしたって見ればそれとわかるもの。あの部屋のはそうじゃないのよ。見ればわかるわよ」

言っているうちにメイドはますます自信をなくし、エプロンの端をいじりながら、そりゃあ一週間も泊まっていて一度も寝ないなんて、そんなはずがないのはわかっているけれど、と小さな声でさらに付け加えた。聞かされた朋輩たちは、そんなタイプの泊まり客にはもう百回も出会っている、といった様子をよそおって誰もが知らぬ顔をしていた。——給仕部屋の世界では、職業がら彼らはそれぞれが人間通であることが要求された。ある泊まり客が丸一週間一歩も外出せず、支配人からは重要人物扱いされ、しかもそのあいだ一度も眠っていないとしても、そんなことには馴れきっている様子をしていなければ人間通の沽券《こけん》にかかわると思われたのだ。

従って、タキ氏の正体に対する好奇心は、誰からも話題には持ち出されなかった。口にしない代わりに、互いに自分こそが第一にその正体を見届けて、朋輩の鼻を明かそうとそれぞれが決意していた。だからこのメイングリルでも、ボーイたちはそろってタキ氏の一挙一動を注視しながら、好奇心を互いに気どられないよう気を使っていた。退屈しているぶんだけ、好奇心は想像力を刺激した。

宿帳の職業欄は空白のままだったが、と彼らはそれぞれ胸の内で考えていた。日本人で、しかもあの服装なら、ビジネス関係に違いない。それもあの支配人が重要人物扱いするのだから、よほどのビッグ・ビジネスなのだろう。――見たところそのビジネスの取り引き相手からの連絡を待っているようだが、よほどの大物が相手なのだろうか。――

……相変わらず新しい客の入ってくる様子のないグリルのカウンターで、静かに電話が鳴っている。コンソメの終わったタキ氏の席には、真っ赤なざりがに料理が運ばれたところだった。胡椒をきかせた、湯気のたつ派手なクレオール料理――それでも空調のきいたグリルの空気には、なんの匂いもない。

電話を受けて低い声で応えていたボーイの眉が、急に吊り上がった。支配人自らの取り次ぎ電話だったのだ。

「あの客に、外から電話」

移動電話をトレイに載せて、通りすぎざまそのボーイは口の端でささやいた。残ったボーイのあいだに、目に見えない緊張の糸が張られた。あかあかと斜光を浴びた一枚ガラスの窓、そして細い蜘蛛の巣のような繊細さを増したレースのカーテンを背景に、顔を上げて受話器を受けとるタキ氏の姿が、影絵芝居のように遠く見とおせた。

この時、そのボーイはついに好奇心に負けてしまった。人間通の顔で充満した給仕部屋では、もっとも肩身のせまい思いをしている、最年少のボーイだったのだ。電話を取り次いだあと、空気のように立ち去るべき心得を、若いボーイは不器用なやり方で破った。

オリーブ・トーマス。

と、そのとき声が聞こえた。

受話器を耳に当てたタキ氏はほとんど受け答えせず、虫の羽音のような遠い声だけが一方的に喋りつづけている。その中にひと言だけ、この人名が聞きとれたのだ。聞きおぼえのある名だ、とボーイはふと気づいた。

「ありがとう」

タキ氏が言った。

若いボーイは、電話がもう終わっていることに初めて気づいた。タキ氏の薄い微笑を浮かべたままの顔が、真正面からこちらを見あげていた。

電話をもとの位置に戻し、暗い壁ぎわの朋輩たちの列に戻ってからも、彼はまだ顔をうすく赤らめていた。仲間たちの無言の疑問の気配にも、気づいてはいなかった。

オリーブ・トーマス。――

サイレント時代の、ハリウッド女優の名じゃないか。若いボーイは、前に雑誌で見かけた白黒の古めかしいポートレートを思い出していた。うりざね顔で髪の長い、端正で古典的な美少女風の顔で、二十代の半ばで若死にしているはずだった。

それが、ビッグ・ビジネスの取り引き相手と、何の関係があるんだろう。

――いくら考えても、彼にわかるはずはなかった。そしてこの翌日、タキ氏が初めて外出し、白昼の街路で誘拐をやってのけるだろうとは、ますます思いつくはずもなかった。

翌日のこと。

明日の誕生日で七歳になろうとしているその女の子は、生真面目な顔で陽あたりのいい街の四つ辻の歩道に立っていた。

一人きりで立っていたわけではない。

子供の右手は、母親の、レースの手袋をつけた少しばかり気のない力の入れかたの手に握られていた。でも、気のない握りかただからといって、気を許しているわけではない。道ばたの退屈そうな猫のところへ挨拶しにゆこうと、そっと手をほどこうとでもすれば、レースの手袋の手は即座に強い力で引きとめるに違いなかった。

オリーブ・トーマス、外の通りで猫にかまったりするものじゃありません。

母親はそう言うに決まっていたし、子供にもそれはわかっていた。そして、オリーブ・トーマス、あなたはもう幾つになるというの、もう子供ではないんですからね。母親がそう続けて言うだろうことも、わかっていた。この母親は、子供を叱る時にだけいつもフルネームで呼ぶのだ。

もちろん、あたしだって、もう七歳にもなるというのに大通りのまん中で子供みたいに叱られるなんて、そんな不めんぼくなことになるつもりはないわ。

と、子供は考えていた。

それにあの猫はいいうちの猫じゃないみたいだし、きっと汚れているに違いない。抱きあげたりしたら、あたしの新しい夏服に猫の汚れと毛がついてしまう。——

信号が変わった。首をねじって歩道の端の猫を見つめていた子供は、少しつんのめるように車道に降りた。今日から夏用の軽いかおりに変えた母親のオー・デ・コロンが、その動きに合わせて子供の鼻先に届いた。

「オリーブ・トーマス」

少しうわの空の声で呼ばれて、子供はやっと小走りに歩きだした。新調の麦藁帽子のリボンの端が、頭の後ろでたなびくのがわかった。

あたしの新しい、夏の服。

猫のことはもうすっかり頭から消えて、反対側の歩道についた時には、子供の顔には再び生真面目で一心な表情が戻っていた。下ろしたての麻の水兵服を着ている自分を意識し、歩道で擦れちがう人々の視線を意識してとりすましているつもりの表情が、自然に子供っぽい真面目くさった表情になってしまうのだ。

街には、初夏の午《ひる》に近い午前の陽光がまばゆくあふれていた。今日は、今年初めて半袖の服を着て外に出た日なのだ。丸い葉をつけた街路樹の列は、若緑のいのちの盛んな色が烈しすぎて少しうっとうしく見えた。通りの左右を埋めたウインドウは真っ白に反射して輝きあい、光の量の多すぎるこの光景の中では、軽装の人々の顔はかえって影に喰われて暗く見えてしまう。——母親は、うわの空のままだった。

風に揺れる樹々の丸い葉影を頬にちらちら受けたまま、歩道の行く手だけを一直線に見つめて、子供の様子には少しも気づかない。

二十歳でこの一人娘を産んだ、まだ若い母親は、時おりこのような微妙な放心状態になることがあった。子供が生まれるとほぼ同時に、ほとんど齢の違わない夫と死に別れ、うるさい親戚から逃れてこの地方都市で地味に暮らしてきた。若い夫は不運にも港湾部での大規模な荷崩れ事故に巻き込まれたのであって、そのためそこそこ充分と言えるほどの補償は得ていたのだけれど。でもたとえば、初夏の予感の陽ざしの中で苛立たしく新しい恋を捜しはじめた十代の娘のように、彼女は未分化な感情の中に入りこんでいたようなのだった。

それでも私は堅実に暮らしているのだし、人に責められるようなことは何ひとつないはずだ、と若い母親はうわの空のまま考えていた。未亡人として、父親はいなくてもこの子を堅実に育てているのだし、夏の訪れに少しばかり落ちつきをなくしたからといって、それが何の落ち度になるというのかしら……

麻のパラソルの陰で、とりとめもない考えに閉じこもっている母親の脇で、子供は歩道の行く手から近づいてくる人物を見つめていた。

東洋人みたい。

子供は思った。ゆるい登り坂になった歩道の行く手、まばゆい空を背景として、相手の顔は逆光に包まれていたが、こちらと目と目をあわせたまま視線をはずさずに近づいてくるのがわかった。

母親が、ふと我に返る気配を見せて、立ちどまった。同じく立ち止まった東洋人と向きあって、母親がだるそうな声で受け答えしているのを、子供は脇に立って上目づかいに見あげていた。ダークスーツを着たその日本人の声は、とてももの柔らかな丁重な声で、癖のない英語をしゃべった。

つまらない、道をたずねているだけじゃないの。子供は思った。

「ええ、ええ、銀行に……その角を曲がって」

母親の声が言っている。

「角を曲がるのですね」

日本人が言った。そして急に、若い母親は相手が白い歯を見せて微笑するのを見た。

あら、ととつぜん彼女は思った。私、めまいがしているのかしら。――奇妙な感覚の中で、彼女はいつのまにか歩道の脇に黒い車が来て止まっているのを、視野のすみにちらりと見た。

変だわ、めまいがしているんだわ、私は……五月の街ときたらほんとうにまぶしくて、パラソルの陰にいたって頭が陽炎《かげろう》に包まれて熱っぽくなっていくみたい……

急に腑抜けのようになってぼんやり突っ立ってしまったその若い母親の横手で、黒塗りのリムジンの後部ドアが一度だけ開閉した。そのドアの中に、麻の水兵服を着た小さな姿がすばやく呑みこまれていくあいだにも、歩道には多くの通行人が絶え間なく流れていた。

「それではトーマス夫人《ミセス・トーマス》、お嬢さんは明日の朝にはお返ししますので。よい一日を」

道をたずねた日本人が、最後にそう言い残した声はたしかに彼女の耳に届いたはずだったが、本人は何も聞いてはいなかった。――それはほんの、三十秒ほどの出来事だったに違いない。

若い母親は、それからふと放心から醒めた。黒いリムジンも日本人の姿ももう嘘のように消えていて、彼女はひとりきりで歩道に立っていた。すると急に、朝から続いていたもやもやした気分がすっかり晴れていることがわかったのだ。——少し驚いて、まだいくぶんぼんやりした様子の残ったまま、彼女はしばらく立ちつくしていた。

……娘の手を引いていないこの若い母親の姿は、道ゆく人々の目には、パラソルを手に初夏の街へ散策に出てきたひとりの若い女性として映っていた。その顔には若々しさがあふれ、目に浮かんだ微笑があまりに生き生きと幸福そうなので、すれちがう人々は思わずほほえまずにはいられなかった。

何故かこの時、彼女は小さな娘のことを完全に忘れ去っていた。まるで、そんな娘など最初からいはしなかったように。

私、どうして街に出てきたのだったかしら。

やがて幸福そうな微笑を浮かべたまま、彼女は歩きだしていた。

角を曲がって……そうだ、銀行に用事があって出てきたんだわ。それから家に帰って、おひるの仕度をして。

——でも、こんなすばらしい天気の日にひとりで家にいるなんて、もったいないじゃないの。

しばらくして、彼女は考えた。

湖の通りのレストランで、少し豪華な食事をすることにしよう。ヨットが出ているのが見られるだろうし、波止場の市で花をたくさん買うのも悪くない。……なんだか、ずいぶん長いあいだ無理のしづめで暮らしてきたような気がするけれど、私はまだ若いんだわ。今日みたいな日には、きっと何かすばらしいことが起きるんじゃないかしら。

白いパラソルはやがて正午の雑踏にまぎれこみ、角を曲がって、見えなくなった。タキ氏の施していった一種の催眠術のききめは、明日の朝までは保《も》つはずだった。

夕方近く、市の北部をひろびろと占めた湖の岸を走るハイウェイ近くで、新築のヨットクラブハウスから出てくる日本人と水兵服の子供との姿が見られた。

まばらな松林に囲まれた舗道では、黒塗りのリムジンが待っていた。二人が近づいてくるのをバックミラーの中に見て、白手袋の運転手が出てきて後部ドアを開いた。水兵服の子供を先に乗せてから、ダークスーツの日本人はノーズの長い車の前を回って、反対側に乗りこんだ。――その光景を、湖での帆走を終えて戻ってきたヨットクラブの会員たちが目撃した。この奇妙な二人連れは、明らかに人種が違うので若い父親とその子には見えなかったし、そういう雰囲気でもなかった。お互いに、真面目くさっているように見えるのだ。

ハイウェイにむかって傾斜を遠ざかっていくその車を、彼らはなんとなく見送る恰好になった。湖に落ちかかる夕陽を浴びた松林の黒いシルエットと、驚かされて飛びたつ鳩の群がその行く手に見えた。やがて車の音が消えると、五月の夕暮れ時の松林のにおいが、急に強まって身を包んだ。

彼らは互いに肩をすくめ、もう灯《あかり》がともってステーキのにおいが漂っている自然木造りのクラブハウスへと入っていった。

「腹が減ったな」

若い母親の持っている小型車とは違って、リムジンは運転中に音がなかった。松林のあいだの砂利道を出て、ハイウェイに乗ってからは、タイヤと路面とのかすかな摩擦音が持続しているだけだ。横手にはすばらしい落日の湖の景色がひろびろとひらけていたが、子供はそちらへ目を向けようとはせず、まっすぐ行く手を見つめたままでいた。

隣のタキ氏も、同じだった。

午後いっぱい、この二人組は、運転手付きの車に納まってレストランにドライブ、ヨット見物ですごしてきたのだった。ただしその運転手にとっては、この午後は実に気のおちつかないひと時だったと言えた。

——そもそもこの運転手には、今日は首府から視察に来ている何かの省の高官と、市長夫妻とを一日いっぱい乗せる予定があったのだった。ところが朝になるとボスが緊張した様子でやってきて、予約をキャンセルして社の最上等のリムジンを別の客にまわすようにと命令したのだ。さぞや大物の客だろうと、こちらも緊張して市内のホテルへとその客を迎えに行くと、現われたのは若いのか年寄りなのかよくわからないこの日本人で、そのうえ途中の道端で今度は女の子が乗りこんできた。

どうも妙な具合だけれど、これはまさか、もしかして誘拐なのではあるまいか。

白昼の路上で、母親といっしょにいた子供を車につれこんでからというもの、運転手はえんえんとそのことばかりを気に病んでいた。社で最優秀の運転手と自任する彼も、今日ばかりは運転中にバックミラーの中の二人をしきりに気にするはめになってしまった。ほんとうの誘拐だとすれば、いくら幼いとはいえ子供が騒ぐか不安がるだろうに、その様子はない。といって、この二人はたしかに今日初めて会った他人同士らしいのだ。

日本人は、最初にタキ氏《ミスタ・タキ》という名を子供に教えた。

「何をする人なの」

子供が、おちつきはらった生真面目な顔つきで言うと、

「ビジネスをしています」

タキ氏も、大人を相手にしているような真面目な顔で言った。

「そしてあなたは、オリーブ・トーマスですね」

子供はそうだと言い、さらにこの名は父親につけられた名であると付け加えた。

これだけの会話で、二人のあいだでは互いの認知が終了してしまったような様子だった。互いの存在を認めあったあとは、相互不可侵の関係がそこに成立したような具合で、長いドライブのあいだも喋りあうことはほとんどなかった。子供にとっては、まるで重要人物扱いの初めての体験ばかりの午後だったに違いないのに、珍しさや楽しさを表情にあらわして喜ぶ様子はない。タキ氏は穏やかな微笑を浮かべているだけで、子供の存在を特別に気にかけている様子はまるでないのだった。

――実のところ、このタキ氏は子供の考えなど全部見通せていたのだが、運転手には見当もつかないことだっただろう――。

クラブハウスを出て、車は再び街の中心部へと向かっていた。次の目的地に着けば、運転手はこの奇妙な仕事から解放されることになっていた。

「夕食は、八時になります」

数時間ぶりに、後部シートでタキ氏が口を開いて言った。烈しい夕焼けはいつのまにか空の片隅の一角に後退していて、ハイウェイの行く手は湖から離れて市街地へとさしかかっていた。

「うちでは、夕御飯は七時なの」

子供の声が言った。運転手はバックミラーに目をやった。

「それでは一時間だけ、我慢できますか？」

子供は答えない。

それではドライブもヨット見物も、どうやらそれがこの日本人の目的だったのではなくて、何かのための時間潰しだったらしいな、と運転手は考えた。そしてたぶん、八時の夕食というのが最終的な目的だろうという気がした。

ここまで付きあわされておいて、最後の場面を見届けることができないとはつまらんな。

運転手は思った。

どうせなら最後まで見たいものじゃないか。残念だ、なんとも残念だな。

「残念ですね」

ふいにタキ氏の声が言った。と同時に、子供が笑った。

運転手は驚愕し、まばたきして、車の前方に眼を凝らした。後部シートの二人はそれきり沈黙しているが、その沈黙がかえって運転手の背にぴりぴり意識された。

——市街は黄昏から夜へと移りつつあり、けむった青紫だった空が溶暗して色をなくしていくと、反対に街の底部の光が色を増してきた。車が最後のカーブを過ぎた時、道の左右には突然大量の光の洪水が出現して、車内の三人の横顔を明るく浮かびあがらせた。

大通りの繁華街に入ったのだ。

ひとつのビルの前にリムジンを止め、後部ドアをあけて二人を送りだしてからも、運転手は必死に自分の考えの中に閉じこもりつづけていた。——いやいや、何も考えないぞ。考えるものか。あの二人が、さらわれた子供とその誘拐犯だったとしても、こっちの知ったことじゃない。あの二人がこれからどこへ行こうと――いやいや、考えないぞ、知らないぞ。――

やがてふと気づくと、彼は街路樹の緑の呼気が混じったさわやかな五月の宵の空気の中で、無人の車の後部ドアを押さえてぼんやり突っ立っていたのだった。大通りには、まだ昼のままの服装をした人々と夜の服装の人々とが半々に入り混じり、半袖の人たちはその上に軽い服をはおって、つばの広い帽子を手にした姿も多かった。

その宵の街の雑踏に取り囲まれて、運転手は初めて気づいたように二人の姿を眼で捜した。たった今、手をつないで二人が上っていったビルの石段には、もう誰もいなかった。

いやいや、何も考えないぞ。

運転手はもう一度思って、かぶりを振った。

誰にも、喋ったりするものか。

少し、疲れているようだと思った。

——玄関の自動ドアが背後で閉じると、大通りの車の騒音も雑踏のざわめきも糸が切れたように消えて、子供は音もにおいもない空間に入りこんでいた。磨いた大理石とガラスを大量に使ったホールのあちこちに、ダークスーツの日本人と並んだ水兵服の自分の姿が映っているのが見えた。

「夕御飯は八時なのね」

と、やがて奥まった専用エレベーターに入って箱が上昇しはじめた時、子供は言った。

「そうです。今から行けば、向こうに着くのは八時になりますから」

タキ氏は答えた。箱の中の空気には動きがなくて、清潔な無臭感の中で気圧が変化していくのだけが感じられた。

「それがあなたのビジネスなの」

「そうですよ。よくわかりますね」

「でも」

と、子供は急に顔をあげて言った。壁にもたれず、まっすぐに立ったタキ氏は、温和な微笑を浮かべていた。

「あなたひとさらいじゃないの。ママに何かして、あたしをさらったんでしょう」

「本当にさらわれたのだと思いますか？　思ってはいませんね。わかりますよ」

子供は黙った。それでも、

「ママに、催眠術みたいなものかけたでしょう」

「でもあなたには、かけてはいませんよ」

タキ氏は言った。

「それでも、さらわれたのだとは思わなかったでしょう。本当のことがあなたにわかっていたから、私が何もしなくてもあなたは正しいことを感じとったわけですよ」

子供はもじもじしていた。確かに、理由はわからないが、これは誘拐などではないと最初から感じられていたので、不安がまったくなかったのだった。ただ、これがタキ氏以外の別の人間であったなら、全く別だっただろうと感じた。

あたしの新しい、夏の服。急にまたそれを意識して、とりすました生真面目な表情になったが、そのことも何もかも、この相手には見ぬかれているのだという気がした。

「……あたしの新しい、麻の……」

するると、

「とても似合いますよ」

タキ氏の声がすぐに答えた。

「新しい麦藁帽子も」

――しばらくして、目を伏せておとなしくなり、ため息をもらしてから、

「あなたって、よくわかっているのね」

子供は、そう言った。

「こんなによくわかる大人って、初めてなの」

「ビジネスですから」

と、タキ氏は言った。

直通のエレベーターが止まったのは、何十階かの空の高みに位置する屋上で、そこには無人のヘリコプターが待っていた。まず子供を着席させてから、タキ氏はダークスーツのままで操縦席に入った。夜の深みに、街あかりと暗い湖面の反映が遠のいていくのを子供は見つめ、そして市の北部につらなる山脈が夜景の行く手に現

われてくるのを見た。――ヘリコプターが八時五分前に到着したのは、その山脈の一角に建つ贅沢な山荘の専用ヘリポートだった。タキ氏に手を取られて、灯に満ちたリビングルームに入っていった時、どこかで鳩時計が妙に可愛らしく八時を告げた。

「オリーブ・トーマス」

誰かが呼びかけた。正面の椅子から、ひどくそわそわした様子で一人の男が立ちあがるのを、子供は立ったまま凝視していた。母親よりずっと若い、どう見てもはたちくらいの、初めて会う人物だった。

この場面が、この大がかりなひとさらいの到達点であることだけは確かだった。

トーマス氏《ミスタ・トーマス》は、タキ氏の今回のビジネスの取り引き相手だった。タキ氏にとっては、今まで数えきれないほど繰り返してきた仕事のひとつに過ぎなかったが、トーマス氏にとっては一度限りの初めてのことであり、なにかとそわそわして落ちつかない様子だった。

「心配は何もありません。段どりはすべてこちらで整えますし、どのような注文にも応じます。それが私のビジネスです」

と、昨夜この山荘で初めてタキ氏と落ちあった時に、トーマス氏はまずそう言われたのだった。

「ああ、もちろん、すべてお任せしますし、不安を持っているわけではないのですが――なにしろ」

椅子に坐る気になれずに床を歩き回っていたトーマス氏は、急に立ち止まって両手をひろげた。

「なにしろ、どうも信じられないことですよ、こんなことが実現するなんて。でも確かに、ぼくはここにこうしているんだし――まるでむかしみたいに」

「打ち合わせに入りましょう」

タキ氏が言った。

「指定の日時は、明日、五月十日という注文でしたね」

「十日です。どうしてもその日をはずしたくないんです」

トーマス氏は、ようやく少し実際的な方向へ頭を切りかえる気分になったようだった。

「十一日があの子の誕生日なので。誕生日の当日はあの子の母親のためのものとして、横から取りあげたくはないんですよ。だからせめて、その前日にと思って」

「結構です。相手は、お嬢さんひとりだけですね」

「オリーブ・トーマス」

いきおいこんでそう言ってから、トーマス氏はふとことばを切って相手の表情を窺った。

「何故、妻には会おうとしないのか、と言いたいんでしょう」

タキ氏の穏やかな顔には、何の変化もない。

「妻には会うべきではないと思うのです。今さら会って気持ちを乱すのは、彼女のためにはならない――あのひどい事故のこと、今となっては早く忘れて欲しいと願うばかりなので――それを言いだすのなら、娘に会うことだってやはり何のためにもならないでしょうが」

「注文に関する個人的思惑《おもわく》の説明は結構です。ただ注文だけをおっしゃって下さい」

「――注文は、それだけです。明日の夜、娘に会わせてほしいという、それだけのことですよ」

トーマス氏は、肩を落とした。

「しかし、本当にこんなことを頼んでしまっていいものかどうか——後で娘に悪い影響を残してしまうのではないかと思うと、どうも」

「その点は御心配なく。アフターサービスも万全ですから。我々のビジネスに不可能はありません」

「我々、というと、この仕事をしているのはあなただけではないのですか？」

「取り引き相手の人数を考えてください。私ひとりでまかないきれるものではありませんよ」

「残してきた家族に、もう一度会いたがっている霊界の——？」

言いかけた時、トーマス氏は相手がかすかに赤面するのを見たような気がして、口を閉じた。どうやらタキ氏は、霊界などというあからさまな言葉を好まないようだった。

トーマス氏もつられて赤面し、話題を変えた。

「あとは、気になるのは代償のことですが」

「そのことでしたら御心配なくと、前にも説明したはずですが」

タキ氏は言った。

「しかし」

と、かつては有能で将来有望な経理士だったトーマス氏は、不安げに顔を上げた。

「それで、商売になるのですか？　その――あ、ち、ら、か、ら、こ、ち、ら、へぼくを連れてきてくれることだけだって大変なことだし、それにこちらでの必要経費なんかはどうするんです。この山荘だってぼくのものじゃない。あんたがたが都合してくれたものだ。もともとぼくは金持ちなんかじゃなかったが、まして今の立場では地上の通貨には何の縁もない」

トーマス氏は、急に気づいた。

「まさか、そのつけが妻に回されるのでは」

タキ氏はそれを遮った。

「むろん、ビジネスの基本はギブアンドテイクで、その原則は我々のビジネスでも同じです。しかし、我々の取り引き相手はあなたがた個人個人ではなくて、あ、ち、ら、側、の世界全体なのだと考えて下さい」

「と言うと？」

トーマス氏は興味を示した。

「私が受け持っている、私とあなたとのあいだでのビジネスは、そのギブの部分なのです」

タキ氏は説明した。

「その一方で、我々の組織の別の受け持ちではテイクのビジネスをやっているわけです。従って、あなた個人の負担でテイクのことを考えてくださらなくても、我々全体としてはギブアンドテイクが成立しているのですよ。これで安心できますか？」

「なるほど」

トーマス氏はやや納得したが、

「それでも、そのテイクというのはいったいどんなものなんです」

「それはいくらでも考えられるでしょう——利用価値は無限ですよ」

タキ氏は穏やかに微笑した。

「私は、ずっとギブの部分ばかりを担当してきたのですが」

トーマス氏は、贅沢な造りのリビングルームをうろうろと歩きまわった。最後に、窓辺に寄って外を見た。五月の夜気に向かってあけ放された窓の外には、黒々と山塊が静まっていた。

妻と子のことが頭を占めていた。特に、生まれたてのまだピンク色をした皺だらけの赤ん坊だったところしか見たことがない、小さな娘のことを考えた。――その時、トーマス氏は二十代のまだ初めで、そして今でもそうだった。小さなオリーブ・トーマスは、明後日の誕生日でもう七歳になるのだ。

若すぎる父親は、ふと不安を感じた。もう一度相談しようと室内を振りかえると、タキ氏のもの静かな年齢のわからない顔がそこに待っていた。この相手も、とほうもない仕事にかかわっているうちに正しい年齢というものを失ってしまったのかもしれない、とふとトーマス氏は思った。亡霊、と呼ばれる存在であるらしい自分のほうが、この相手よりはよほど正常で常識の圏内にある存在だという気がしたのだ。

「ビッグ・ビジネスですね」

と、最後にトーマス氏は言った。

「単なるビジネスです」

タキ氏は答えた。

——そして今夜、オリーブ・トーマスはここに、目の前の、手で触れられるほどの近さに連れてこられていた。

タキ氏は、どこか別の部屋にでも行ってしまったのか、物音さえ聞こえなかった。あたり数マイル四方に人家の一軒もないこの山荘で、人の気配が存在するのは、この暖炉に本物の火が入っている丸太造りのリビングルームだけだ。

暖をとるためではなく、火の色を楽しむために、トーマス氏は炉に炎を起こしたのだった。街に住んでいる子供は、おそらく戸外での楽しみも少ないだろうから暖炉の本物の火を珍しがるのではないか、と思ったのだ。

その大きく揺れ動く投網《とあみ》のような火影に包まれて、低いテーブルの上には豪華な晩餐《ばんさん》の皿が並んだまま少し冷えかけていた。子供は、その皿を前に背の高い椅子に腰かけたまま、目を伏せて黙っている。

「おなかが空いていないのかな。魚は好きじゃなかった？」

居心地の悪い、気の抜けた何度目かの沈黙のあとで、トーマス氏はぎごちなくそう言った。言ってから、さっきこれと同じことを言ったばかりだと気づき、うろたえて別の呼びかけかたを捜そうとしたが、頭の中は空白で何もないのだった。

「おなかが空いていないのかな？」

と、トーマス氏は無器用にまた繰り返した。

子供は顔を伏せたまま、頭ごと首を振るだけだ。見たところ、右手で逆手に持ったフォークの先で、ほとんど手つかずの皿の中身を少しずつ突っつきまわすことだけに集中しきっているようだった。パリパリした薄い衣に覆《おお》われた、丸ごとの素晴らしい虹鱒《にじます》――それを、虫をいじめる子供のような手つきでつつきながら、空想の世界に閉じこもっているように口を動かして、声のないひとり言を言っている。

「夕食は八時だから、それまでにおなかを空かしているようにと頼んでおいたのだけれど」

返事を期待する気力も失せて、トーマス氏は料理の皿に向かってそう言った。黙っていると、暖炉の薪《たきぎ》の崩れる音と隣室の振り子の音ばかりが耳についてしまうので、何か言ってみずにはいられなかったのだ。

再び沈黙が訪れると、テーブルの下で、子供が床に届かない足を振り回してひとり遊びをしているのがわかった。トーマス氏はもはや困惑を通りこして、自分だけ

の苦痛の世界に浸りこんでいた。

――初対面で、トーマス氏には、自分の子供がわからなかったのだ。

これは不意を突かれたような衝撃だった。この見知らぬ、無口で気心の知れない子供と二人取り残されようとした時、トーマス氏は思わずタキ氏を引き止めようとしかけたほどだった。この女の子はいったい誰なんだ、とトーマス氏は誰にも訴えることのできない恐怖にとりつかれたまま思った。

確かに、これがオリーブ・トーマスであるには違いない。――でも、同年配の子供たちの中にこの子を混ぜておいて、その中からわが子を見つけろと言われたなら、ぼくにはこの子を見わけることはできなかっただろう。

混乱の中で、トーマス氏はそのことをはっきりと悟った。

契約どおり、子供は白紙の状態でここへ連れてこられているはずだった。トーマス氏が死んだはずの父親であることを、子供はまだ知らされてはいない。父親の名のりをあげる自分の姿を想像してみようとして、トーマス氏は当惑しきった。

最初の想像では、言葉や説明などなくても、親子ならば互いにひと目見ただけで通じあうだろうと思っていたのだった。そしてあとは、すべてすらすら運ぶはずだと、漠然と考えていたのだ。こんな出会い方になるなどとは思いもよらず、最初の一歩につまずけば、あとは総崩れだった。

何を考えているというのか、さっぱりわからない。

トーマス氏は、苛々して考えた。目もあけず返事もしないで自分だけの世界に閉じこもっている子供は、ひどく強情な様子に見えた。――実際には、トーマス氏には子供というものがわかっていなかっただけなのだ。はにかんで、生真面目になってひとり芝居をしてみせている子供の様子が、トーマス氏にはむっつりしていると見えたのだった。子供は、わかってもらえること、理解してもらえることを、無言のうちに待っていたのだったが。

九時半になっていた。料理は、本当に冷めてしまった。

「――それでママはどうしているの」

苛立たしい堂々めぐりの思案の末に、ふと思いついたその質問にトーマス氏は飛びついた。

「そうだ、どうしている、元気？　たしかぼくの生命保険が――いや」

「おつとめ」

子供は、今では大っぴらに足をばたつかせて、椅子の背にもたれて部屋の左右を見まわしていた。

「つとめ——あ、そう、ああ、そう」

「パパはいないの。死んだの」

子供は身体ごと首をよじって、椅子から降りて部屋を見て歩きたそうにした。トーマス氏は絶句した。それから、箱に入れて用意してあったバースデーケーキのことを思いだした。少し迷い、ぎごちなくテーブルの上に置いた。

「あたしの誕生日、明日よ。知らないのね」

子供は、ケーキを一瞥《いちべつ》するなり言った。

「でも、前祝いでもいいんじゃないかな」

「駄目。明日なの」

「でも」

「駄目駄目駄目」

「——オリーブ・トーマス」

子供は垂れ下がった髪の房で顔を隠すように、肩のあいだに深くうつむいて猛然と首を振った。そして突然、振るのをやめた。

「ママみたいな言い方」

「え？」

トーマス氏は目を見はった。

「ママみたいな言い方」

子供はほんの一瞬だけ目をあげて、

「怒る時、そんな言い方をするの」

「ああ」

「誕生日、明日なの。十二時を過ぎてからなの」

「オリーブ・トーマス――」

トーマス氏は両手をケーキの箱の左右に置いて、肩を落とした。

「パパの持ち時間は、十二時までなんだよ」

――言ってしまってから、トーマス氏ははっとして固くなった。子供が、急に動いた。うつむいたまま、滑り落ちるようにテーブルクロスの陰に降りると、足を跳ねあげるような走りかたで急にするすると部屋を出ていった。

追おうとするより早く、子供はすぐに戻ってきた。相変わらず目を伏せたままで視線をあわせようとはしなかったが、隣の部屋に置いてきた麦藁帽子を手に持って、走りながら一心にかぶろうとしているのだった。

「帰るの？」

思わず立ちあがって、トーマス氏は不安な声をあげた。子供は前で立ち止まり、

「新しいの」

「え？」

「新しいの、買ってもらったの」

「ああ」

子供は、幼い手つきで一心に顎《あご》のゴム紐《ひも》の具合をよくしようとしている。トーマス氏は、立ったままもじもじした。少し赤くなった。

「リボンの色が、似合うね」

「そうなの」

子供はあっさり言った。

「セーラー服も？」

「そう」

「似合うね」

「そうよ」

子供が、立ったまま高い椅子に坐らせてもらうのを待っているのだということがわかった。抱きあげて具合よく坐らせてやるあいだ、子供の顔には、この奉仕を当然のように受け入れる表情が見られた。

「ケーキの蠟燭《ろうそく》に火を——」

「駄目。明日」

「でも」

「タキ氏《ミスタ・タキ》はヘリコプターの操縦ができるのよ。乗せてもらったの。凄《すご》いの。あなたできる？」

「いや」

「できないの」

トーマス氏の胸に、嫉妬が生まれた。

「じゃあ、何ができるの」

子供は言った。

「何をする人なの」

「あのね――」

……あらゆる言葉が、この時、トーマス氏の胸に渦巻いた。混沌と、とりとめもなく。

麦藁帽子の子供は、注意深いまなざしで待っていた。トーマス氏は爪を咬み、考え、やがて目を上げた。

「オリーブ・トーマス」

トーマス氏は言った。

「タキ氏《ミスタ・タキ》は、ビジネスの人。わかるね？」

子供はうなずいた。

「でも、今おまえの前にいる人は、ビジネスじゃあないんだよ」

「――ふうん」

……トーマス氏は、がっくりと肩の力を抜いた。

ひどく疲れたような気がした。これで相手に何が伝わったというのか、子供が何を受け止めたかあるいは受け止めなかったのか、見当もつかなかった。窺い見ると、子供は思案顔に黙りこくっている。

やがて首をかしげて、そして子供は言った。

「あのね」

「うん」

「ケーキを食べても、いいのよ」

食べたいんでしょう？　と子供は付け加えた。

一瞬、トーマス氏は反応を忘れた。――そしてゆっくりと、しだいに力強く、誇らしげな笑いがその顔に輝いた。

……十二時を回ってしばらくした頃、タキ氏はひっそりと足音を忍ばせて暗いリビングルームに入っていった。真夜中過ぎだというのに、ダークスーツには坐り皺ひとつなく、ネクタイの結び目も固いままだ。

この時刻、夜の深さは秘密めかせた静寂に包まれていた。灯の消えた部屋には、床の絨《じゅう》

燠《おき》になりかけた壁暖炉の火の弱々しいゆらめきだけがあった。その炉の前、床の絨《じゅう》

緞《たん》の上に、子供が丸くなって深く眠っている。

タキ氏は、少しも音をたてずに近づいていった。

ビジネスの終了時刻である十二時まで、トーマス氏と子供とのあいだに何があったのか、タキ氏はすべて知っていた。人の住まないこの山脈の奥の山荘で、十時、十一時と夜が更けていくあいだ、二人は食卓から離れて暖炉の前に坐っていた。トーマス氏はあまり喋らず、子供がひとりで喋りつづけるのをもっぱら聞いていた。

子供が身振りを混じえて熱心に話しているのは、どうやら遊び仲間の噂とかいった「子供の世間話」のようだった。舌たらずの、ひとり合点の多い喋りかたで、トーマス氏には話の内容をほとんど理解できなかったのだったが、こういう時にはただ耳を傾けていてやりさえすればいいのだと、ちゃんとわかった。時々適当に合づちをうちながら、炎のゆらめきに横から照らしだされた子供の姿を、トーマス氏は眺めていた。

初め膝を抱いて坐っていた子供は、いつのまにか姿勢を崩しはじめて、床に手をつき、肘をついて、しまいに丸く寝そべった。帽子が邪魔になり、トーマス氏は手を貸して脱がせてやった。そのうちに口数が少なくなり、黙りがちになっていったが、その場に降りてきた沈黙は、出会いのあとの頃の沈黙とはまるで違っていた。子供は、居眠りを始めていた。

静かな振り子の音と共に、十二時が近づいてきていた。

本当に眠ってしまった子供を目の下に見おろして、トーマス氏は微妙な心境に落ち入っていた。これ一度きりで、もう二度と再びこの子に会えることはないのだ。——このビジネスに乗れるのはひとり一度だけという決まりがあった。希望者の数があまりに多いので、同じ人間が二度以上は認めてもらえないシステムになっていたのだ。結局、たった一度口をすべらせただけで、この子に自分の正体を本当には明かさずじまいだったな。とトーマス氏は思った。この子は、ぼくを誰だと思っているんだろう？　死んだ時の齢のまま、今では母親よりもずっと若くなってしまったぼくを、この子は今夜いったい誰だと思って話し相手になっていたんだろう。トーマス氏は時計を見た。持ち時間はあと五分しかない。子供は深く眠っている。

揺り起こして、父親の名のりをあげようか？

——手を伸ばしかけて、トーマス氏はためらった。それで、自分はこの子に何を期待しているというのだろう。パパと呼ぶのを聞きたいとでもいうのだろうか。

まさか、と反射的にトーマス氏は思った。それはやりすぎだ。自然に顔が赤らんでしまった。

「二十歳と、七歳なんだものな」

口に出して言ってみた時、子供が寝返りをうって、何かを手探りするような動作をした。トーマス氏は、軽い衝撃を心に感じた。自分の手の中に、子供の暖かいこぶしがねじこまれてきたのだ。隣室で、鳩時計の小窓が開き、機械仕掛けの鳩が鳴きはじめていた。

「二十歳と、七歳か」

子供の手を握ったまま、トーマス氏は最後にそう言い残したのだった。そして、目を閉じた。鳩が十二回鳴いて引っ込み、小窓が閉じた時、小さなオリーブ・トーマスは眠ったまま七歳になった。若い父親の姿はいつのまにか掻き消えて、もうどこにもなかった。

——数分後、暖炉の前でたったひとりで眠っている子供のところへとタキ氏が近づいていった時、テーブルの上には、ふた切れ減っただけのバースデーケーキが載っていた。それを始末することも、朝までに済ませねばならない夥《おびただ》しい片付け仕事のひとつだった。

「これもビジネス」

誰に言うともなくタキ氏は言って、肩をすくめた。眠っている子供を、そして腕に重く抱きあげた。


丸一日近くひとりの子供が行方不明になっていたというのに、それが騒ぎになる様子はまるでなかった。誕生日の朝、子供はちゃんと自分の部屋のベッドで目を醒ましたのだったし、前の日に出会った日本人のことを母親が覚えていないのと同様に、子供もまた何もかも記憶を消されていたのだ。タキ氏のこと、リムジン、ヨット、ヘリコプター、そして山奥の山荘で出会った人のことも何もかも。――ただその日以来、母親は少し変化したように見えた。鼻歌をうたい、血色がよく、若がえったようだった。そしてある日、男友だちを連れてきて子供に引きあわせた。母親よりかなり年上の人で、ずっと化粧台に飾ってあるはたちほどの写真の人とは、あまり似ていなかった。それでも、子供はこちらの人も嫌いではなかった。この人も、子供をわかってくれる人だったのだ。

化粧台の写真は、そのうちにいつのまにかしまいこまれてしまった。

結婚式の朝のこと、

「あなたは結局、前のパパの顔を見たことは一度もないのだから」

母親は、ふと子供にむかって言った。あわただしい時間と時間とのはざまに訪れた空白が、ふとそんなことを言わせたのだ。

「会ったのよ、一度」

陽あたりのいい控《ひか》え室の、三面鏡の奥に映っていた子供がそう言うのを母親は聞いた。振り返った時、廊下の向こうから新しい父親に呼ばれて、子供は扉を出ていくところだった。——それはあれからちょうど一年後の、さわやかな陽ざしに恵まれた初夏の日のことで、子供は今日から、オリーブ・トーマスではない別の名になるのだった。

あの子はさっき、何を言おうとしたのかしら。

式の最中に母親はそう思い出したが、目の前で進行しつつある儀式が、そのもの思いを妨げた。そしてあとは、忘れてしまった。

大通りに面したホテルの給仕部屋には、壁に一枚の切り抜き写真が貼られているのが、今でも見られる。去年の初夏に、一週間だけ泊まっていったダークスーツの日本人のことを、今では誰もが忘れていた。

写真を貼った主であるひとりの若いボーイだけが、その写真を見るたびにタキ氏を思いだしていた。映画雑誌から切りぬいた、サイレント時代の古典的美少女の肖像写真は、かつてトーマス氏がそれを眺めて憧れた時と変わらず、色褪せた永遠の微笑を浮かべている。その同じ名を娘につけて、それから誰にも命名のゆかりを説明する暇もなく、トーマス氏は死んでしまったのだったが——、この給仕部屋の壁の写真と、同じ市内に住む八歳になる女の子とを誰かが見比べたなら、ふたつの顔にどこか似通うものがあると、気づいたかもしれなかった。

オリーブ・トーマス。

と、若いボーイは思うのだった。

ビッグ・ビジネスの相手。どんな人物で、どういうビジネスがあの時あったんだろう。

——いくら考えても、彼にわかるはずはなかった。

第二話　ワン・ペア

ナオミは、海峡を見わたす岬の突端《とったん》にひとりで立っていた。

正午の海は、思っていたよりずっとまぶしい。春霞の季節をすぎて、向こう岸の山稜も輪郭がずっと鮮明になってきているようだ。春先の、とろりと淀んで眠たげな、にぶい表情の海よりも今の季節の海のほうがナオミは好きだ。——と言っても、別荘のあるこの岬へナオミが来るのはたいてい夏のシーズンに決まっていて、まだ初夏のうちの人気のない時に来ることはめったにないのだったが。

乾ききった岩盤に根を張った、痩せた松が数本、光景のひとすみに影を落としているほかは、空も銀色の海もただ光だけにあふれている。風は、さすがにまだ少し冷たい。ナオミは、少し薄着をしてきてしまったようだ。

岬の荒れた道の、行きつける先まで停めておいた真紅のスポーツ・カーを、ナオミは振り返って見た。風を避けるために、車の中に入っていようかとわずかのあいだ考えたが、やめた。待ちあわせの相手がやってくるところを、相手より先に見つけてよく観察しておきたかったのだ。車の中にいたのでは、広い視野は得られない。――車に戻るかわりに、ナオミは手にしていた濃い色のサングラスをかけた。暗いサングラスは、今日の服装にはあまり似合ってはいなかった。

色白の、娘らしい若々しい腕をむき出しにした、袖なしの薄いドレスをナオミは迷ったすえに選んでいた。ビジネスライクに、固い感じのスーツにしようかとも考えたのだったが、十八歳の魅力を最大限に引きだす服装のほうが商談には有利かもしれないと、最後に決断したのだ。オーガンジーのドレスに合わせて、つば広の帽子を選んだ。同い年の、子供じみた娘たちよりは強い意志を持ちあわせている（と彼女は自分を評価していた）とはいえ、そういった娘らしい計算を忘れているわけではなかった。

待ちあわせの正午まで、あと五分になっている。

あたしが今日ここの別荘に来ていることは誰も知らないし、この商談のこともあたしひとりで決めたんだわ。

ナオミは思っていた。秘密の行動を遂行中である自分を意識することは、緊張の中にもドラマチックな要素があって、ナオミの好みにあった。こんな自分のことを知る由もない両親のことが、ふと頭に浮かんだ。

父親はいつものとおり、あの埃《ほこり》とガソリンの臭いばかり鼻につく首府の執務室だか会議室だかにいて、国家予算の数字を相手に、外の初夏の陽ざしにも気づかない一日の中にあるはずだった。母親のほうは——こちらは、ナオミにはとっさに思いだすことができなかった。

北欧のどこかだったかしら？　それとも地中海のあたり、あるいは大西洋上の豪華客船にでも乗りこんでいるのかもしれない。いちいち現在の所在地を思い出すことができないほど、この母親はしじゅう世界各地を飛び歩いて、本宅に溜まっていくいっぽうの紙幣の山を減らすことに熱中しているのだった。

どうでもいい人たち。

ナオミは思って、サングラスの陰の目を細めた。

あたしにとって大切なのは、あたし自身と——そしてあの人——それだけなんだわ。

思った時、視野の隅に影が射した。ナオミは首をめぐらせた。陽に灼けきった崖の突端の、空との境目のところに人が立っている。たったいま、急な坂を登りきってきたところといった具合に、こちらへ足を踏みだしてくるのが見えた。

東洋人？

ナオミは一瞬思い、そして、あんなところに人の登れる道があったかしら、と頭の隅でちらりと考えた。しかしそんなことよりは、重大な商談を前にしての緊張感のほうが先に立った。

でも、それにしても——

「あなたが？　タキ氏《ムシュー・タキ》？」

思わず、礼儀を忘れて、ナオミは口走っていた。目の前に向きあってみて、相手が予想よりはるかに若いことがわかったのだ。

「葉巻きのにおいのする、猪首の年寄りばかりがビジネスの世界をとりしきっているわけではありません」

タキ氏は、握手しながら言った。タキ氏の口にしたことばは、ナオミがあらかじめ商談の相手に対して抱いていたイメージそのままだった。

「あら、でも」

ナオミは、一瞬の気後れをみずから恥じて、昂然と頭をそらした。

「日本のかたですのね。お名前からそうではないかと思っていたのですけれど」

「国籍は日本にはないのですが」

「あたし――あたくしの母が日本人なのです。その母方の祖母は奈緒美《なおみ》といったそうで、あたしの名前はそれをもらったんですわ」

「それでナオミ・B＊＊とおっしゃるのですね」

と、タキ氏はナオミのフルネームを口にした。その口調に、口にしたことば以上の意味をにおわせるような様子はなかったが、それでもナオミはさっと顔を紅潮させた。

「父の名を御存じですのね」

「国の、一閣僚の名として」

タキ氏は言った。

「しかしお嬢さん、その名が理由でこうして出むいてきたわけではありません」

「もちろんですわ。そうでしょうとも」

ナオミは、「商談」の前の「世間話」はこれで完了したと判断した。

「あなたのビジネスについて、お話がしたいわ」

サングラスの色が濃いことを利用して、ナオミは油断なく相手の表情を観察しながら言った。

……かもめが数羽、海峡の上昇気流に乗って滑空していきながら鋭く啼いている。風が少し冷たいのを除けば、海面が真っ白に白熱して炎《も》えあがっていきそうな、すばらしい快晴の正午だった。ダークスーツの日本人は、その海を背に立っているので、逆光に包まれて見えた。手には、書類かばんも何も持っていない。

年の見当がつかないわ、とナオミは思った。皺《しわ》のない、若々しい皮膚をしていて、顔も姿もたしかに若い人間のものだと思われるのに、角度によって、ひどく老成したような表情がふと窺われるのだ。でもこの人のビジネスのことを考えれば、それも妙なことではないのかもしれない、とナオミは結論を下した。

「御用向きのことは、たしかに前の電話で承知しました」

タキ氏は癖のない事務的な口調で言った。

「しかし私が今日ここに来たのは、あなたとビジネスの話をするためではありません。御希望の件を諦めていただけるよう、説得するためです」

「説得に応じる気はありませんわ、せっかくですけれど」

ナオミは落ちついて言った。これは予想されていた事態だった。

「ですから、時間の無駄ですわ。あたしたち、すぐに仕事の話に入ったほうがよろしいんじゃありませんかしら」

「困りましたね」

「電話でも申しあげたとおり、あたしあなたのこともあなたのビジネスのこともすべて調べあげてあります。そのあたりの、女学生を相手にしているのだとはお思いにならないで――調査に必要な財力も地位も持っているのだということは、あたしの――父の名を考えてくだされればおわかりでしょう」

「ビジネスに限らず、この世にはルールというものがあります。おわかりですね」

タキ氏は、最初からの姿勢を崩していなかった。

「あなたの御希望は、そのルールに反しているのです。財力も権力も、ルール違反を強要する権利は持たないものです」

「ひとつお忘れですわ、タキ氏《ムシュー・タキ》」

ナオミは言った。

「あたしの意志、というものを。あたしの意志は、あらゆる障害を認めません。邪魔するもの、逆らうものはすべて敵ですわ。敵を屈服させるためならばどのような手段でも、財力、権力、ええ、卑怯になることだって厭《いと》いはしません――ルール違反をおっしゃるのなら、タキ氏《ムシュー・タキ》、あなただってこの世とあの世の境を破るというルール違反を」

子供の論理だ、と反駁されないようにナオミは急いで後をつづけた。

「とにかく、あたしの側にそれだけの覚悟があることを知っていただきたいんですわ。今日、あたしの申し出を受けいれずにこの土地を離れようとなされば、あなたにとって不愉快な事態になる手はずになっています。たとえばあなたにはどういうわけか国籍がない――旅券もお持ちではないはず――そして地元の警察は、父の名に結びつけてあたしの顔をよく知っていますし――あたし、どうしても死んだ兄に会いたい」

一拍置いて、ナオミはサングラスを取った。その顔の上に、飛びすぎるかもめが一瞬影を落とした。

「あたし、脅迫しているんですわ、ムシュー」

タキ氏は、正午の海の逆光に包まれて、おだやかな微笑を浮かべたまま考えこんでいるように見えた。

ナオミの、二卵性双生児の兄――一卵性の双子かと思われるほど、姿も性格もよく似かよった兄妹だったが――は、一年前、首都のとある街路上で交通事故による惨死をとげていた。そしてナオミがタキ氏とそのビジネスのことを聞きこんだのは、それから半年後のことだった。

――少なくとも財力と権力とにおいて、ナオミは不可能という名の閉ざされた門を知らずに成長していた。加えて、十代の半ばにさしかかった頃からは、強力な意志の力が彼女の持ち札を増やしていた。

悪いことに、兄の惨死を彼女は目の前で目撃した。せめてその事故が彼女の目からはなれたところで起きていたなら、事態は変わっていたかもしれなかったのだが――深夜から早朝にかけてのパーティから二人でぬけだして、彼女はその時、しらじら明けの路上で兄が車を回してくるのを待っていた。両親は、未成年の子供たちがそんな時刻に家をあけていようが気にしなかったし、第一、彼ら自身が家にいることなど滅多になかった。

そして、事故は早朝の静寂を破って起きた。時速六十マイル近いスピードで突進してくる車、角を曲がってくる兄の車――そのふたつが、ほぼ一瞬のうちにごっちゃに縺《もつ》れて、彼女の視野から消えた。ふたつの車体がひとつに重なって、道路の反対側へ跳ねとばされていった時、その角度が少しでも違っていたなら歩道の彼女自身のからだをも巻きこんでいたところだった。

事故の全部は、五秒で完了した。

五秒間のすべてを、彼女は数メートルと離れていない位置で見ていた。

――ナオミの反応はゆっくりとあらわれ、そして持続した。

嘆き悲しむことでこの不幸に承認を与えるということを、彼女はしなかった。涙は一滴も流されなかった。彼女は、兄の死を承認することを拒んだのだ。死という、閉ざされた門に対して、彼女は納得しなかった。

怒り――それは怒りでしかなかった――それは彼女の顔と唇を白くし、その目を暗い光で射つぶした。葬式の時も、それに続く喪の日々も――はやばやと喪服を脱いだ両親に、追いたてられるように元の暮らしへと戻されてからも――彼女はいらいらと捜しつづけていたのだった。門を開かせる方法を。彼女は、自分と兄とをワン・ペアと考えていた。ばらばらの手札で成りたった家族の中での、ただひと組のワン・ペア。そしてさらにばらばらのカードばかりが充満している広い世界の中での、最良のワン・ペア。

ある東洋人の噂を偶然に聞きつけてから、あらゆる調査網を使ってタキ氏をこの岬に追いつめるまで、半年かかった。財力と権力と意志とが、少なくとも、門の鍵を持つ人物を見つけだすことを可能にしたわけだった。

それでも、問題点はまだ幾つか残ってはいたが——しかし現に、焦点をここまで絞りこむことができたのだ。残された関門など、小さなものだと思われた。そしてこの初夏の日の正午、彼女、ナオミはただひとりでこの岬に来ていた。あとは誰の力も借りずに、自身の力だけで最後の扉を開かせるつもりだった。

一枚だけで置き去りにされてしまったワン・ペアの片割れが、世界でただ一枚自分とペアを組むことができるもう一枚の札を、再びこの世に取り戻そうとしているのだ。

兄さん、あと少しだわ。

ナオミは思っていた。

ヒールの尖ったサンダルの足で、ナオミはアクセルを踏みこんでいた。いつもなら靴は脱いで、ストッキングも着けない素足でアクセルの抵抗感を楽しむのが好きだ。でも今日は、サイドシートに人がいた。

ナオミが、これぱかりは人にまかせないで手ずから手入れをしているこの車の、助手席に坐るという特権を持つ人間はこの世にただ一人しかいなかった。その特権を、今日はじめて別人に与えたのだ。が、ダークスーツの日本人は、何の意識もなくシートに位置を占めている。――おさまりかえった顔をするのはよしてちょうだい、と叫びたくなるのをナオミは自制していた。こんなおとなげない感情にこだわることは、確かに得策ではなかった。

自制の反動が、無意識にその運転ぶりに現われていた。タイヤが早く減ってしまうといった、細かい心配には無縁の立場にあるとはいえ、そのあたりは確かに十八歳というナオミの若すぎる年齢をよく表わしていた。もっとも、そんなことを人に指摘されたなら、ナオミは侮辱を感じただろうが。

タキ氏は、そのスピードに危険を感じているようには見えなかった。シートに背がめりこんでも、車輪があやうく浮きかけるような急カーブを切っても、少なくとも表情には何の変化もあらわれない。それが、ナオミをますます苛立たせてもいた。

別荘へ入っていく脇道へと、ナオミは最後に思いきりハンドルを転がして車を突っこませた。日はまだ高く、乾燥しきって赤茶けた丘の斜面には初夏の午後の陽ざしがある。――前庭では、マツ、竜舌蘭、エニシダなどの大量の緑が光を呼吸していた。エンジンを切ると、急に別の気配が代わって身を押しつつんだ。シーズン前の、海岸の丘陵地帯全域から発する、大地と緑と潮の気配――その空気のかおりから、ナオミはことさらに顔をそむけ、車を降りるなり手の甲を鼻にあてた。一年前の、喪の季節だった五月の空気を思いだすことは不快だった。

「――管理人に電話して、鍵をあけさせておいたんですわ」

タイル張りのポーチで、ナオミは沈黙を破って言った。

「友人たちとのパーティに使うと言っておきましたから、邪魔は入りません。料理と飲みものも――あなたともう一人をもてなすには充分ですわ」

「ルール違反の説明をしましょう」

タキ氏は、岬での会話をそのまま続ける口調で言った。

「うかがう必要を感じませんわ。その代わりに、報酬はどのような額でも、とだけ申しあげれば答えになると思います」

「まず第一に、あなたはこのビジネスの取り引き相手としての資格からはずれています」

タキ氏はかまわず説明しはじめた。

「資格を持つのは、故人の側だけです。これは動かせないルールです」

「わかりませんわ。門の向こうにいる人がこちらへ会いに来るのと、こちらから門の向こうの人に会いに来させるのと、結果的に何が違うというんでしょう」

「地上の人間の側からその門を開かせる権利は、誰にも与えられないし、許されないのです」

タキ氏は答えた。

「それがこの世のルールです」

二人は、陽ざしを遮《へだて》るもののないポーチで、テーブルをはさんで向かいあっていた。

「向こう側の人には、では何故こちらへ来ることが許されるというのかしら」

ナオミは、少し苛立ちはじめていた。

「わからないわ」

「彼らはルールのない世界にいるのですから」

「勝手な言い方ね」

「地上とは限界のある世界です。地上の人間もまた、その限界によって欲望の制限を受けることになります。しかし門の向こうには限界というものはありません。彼らの持つ欲望は、方法さえあればかなえられることが許されます。我々は、その方法を彼らに貸し与えているだけです」

「ルールだの限界だのの話はもうたくさん」

ナオミは強い声でさえぎった。

「許されようが許されまいが、あたしにとってはあなたが門を開く力を持っているということだけが肝心なんです。それが可能だという事実がここにあるだけで充分よ」

ナオミは腰を上げていた。

「報酬のことを、現実的になって考えてみていただきたいわ。あなたの組織へではなくて、あなた個人に支払うというのよ――希望額をおっしゃって、それともこれだけでは足りないかしら?」

車から運び出してあったトランクを、ナオミはいきなりテーブルの上に開いた。

――貸し金庫に保管してあったナオミ自身の宝石類を、今日のために換金したものの――箱型トランクの中を隙なく充実させたドル紙幣の堆積を、タキ氏は視野の内に入れながら何の反応も示さないままだった。表面だけの虚勢ではないと、ナオミにさえ理解できるような感動の欠落がそこに窺われた。

「失礼ながらお嬢さん」

タキ氏は、丁重に言いはじめた。

「我々の組織は、あなたの御家族のものである財閥よりもさらに大規模な資本を持つものとお考えください」

「でもあなた個人への謝礼よ――欲しくないというの?」

ナオミは叫んでいた。

「何かお気にさわったのでしたら、お許しください」

タキ氏は、軽く頭を動かしただけだった。まだ、椅子の背にもたれて指を組んだままだった。

「あたしが、脅迫者の立場にあることをお忘れにならないで」

やっと、ナオミは言いだした。失いかけていた自信が、その声に戻った。

「脅迫されている立場の御自分のことを、どうお考えなのかしら」

——警察に密告すると口にしたのは、本気の考えだった。もっともそれは最後の手段で、それを実行することは、すなわちタキ氏を失ってしまうことを意味していたが。しかしこの脅迫は、有効な手段のはずだとナオミは信じていた。

ふと、ナオミはぶ厚い報告書のことを思い出していた。

ダークスーツの日本人は、そのビジネスを完了したあと、痕跡を全く残していかないという特徴を持っていた。ビジネスに直接関係した人間たちは、ほぼ例外なくその間の記憶を消されているのだ。記憶を消されることを免れた人間は数えるほどしかなく、これは〈門の向こう側の客〉が、記憶を残させることを希望した場合に限られていた。そのわずかな人間たちの証言から、他に記憶を消された多くの人間たちがいることがわかったのだ。このことは、困難な作業ではあったが、ビジネスに間接的にかかわった第三者たちの証言によっても立証されていた。

つまり、このタキ氏は——どういう手段でなのかはわからないが——人の記憶や心を自由に扱うことができるということになる。

でも、とナオミは考えた。

現に今、この人はあたしにそんな方法を取ろうとはしていないじゃないの。脅迫までされながら、ことばで説得しようとしているだけだわ。その方法とかを取ろうとしない、というのではなくて、取りたくても取れないいんじゃないのかしら。

自分にとって有利なこの解釈を、ナオミは無意識に採用していた。そうとなれば、不安はないはずだった。

「お客は夜でなければこちらへは来られないんですってね。だったら、今夜。そのために、人目のないこの別荘を選んだのだから」

無言のタキ氏にむかって、ナオミが宣言するように言った時、ふいに電話が鳴りはじめた。

……ナオミは、やや驚いていた。——ポーチに面した部屋の、光線の射しこまない奥のあたりで、電話は静かに鳴りつづけている。ナオミがこの別荘にいることは誰も知らないはずだったし、管理人には、たとえ両親の死の報せであろうと電話はするなと厳命してあった。

タキ氏が、歩きだしていた。立ちあがるところに気づかなかったので、ナオミは驚いて腰を浮かせた。

「私にです」

タキ氏は簡単に言って、部屋の奥で受話器を取った。横顔を見せて、時おり短く受け答えしているのを、明るい庭先からナオミは呆然と見つめていた。――この人が今ここにいるということを、それに電話番号まで、電話の相手はどうやって知ったというのかしら――。

話はじきに終わり、タキ氏は戻ってきた。

「取り引きに応じましょう」

「え」

籐椅子に浅く腰かけたまま、意味もわからず、ナオミは相手を見あげていた。タキ氏は、この突然の百八十度の転換を意識してもいない様子で、

「今夜七時。場所はここで。よろしいですか？」

ナオミは、青くなっていた。

「ああ」

ほんとうに真っ青になり、口を押さえて、彼女は繰りかえした。

「――ああ。ああ、とうとう」

驕《おご》った歓喜の輝きが、その目から顔全体へと、ゆっくりひろがりはじめていた。

ナオミたち二卵性双生児の兄妹のあいだには、数年前からある約束があった。

ナオミと同じく母方の祖父から名をもらった兄は、ミサキといった。そしてこの兄は、今になって考えてみるとナオミにも不思議なのだったが、どういうわけかタキ氏の関係しているこのビジネスについて以前からかなりくわしく知っていたようだった。

兄がその話をときどき口にするのを、当時のナオミは、むろん想像上のものとして聞いていたわけだった。――死後の世界へ自由に往き来できる方法を見つけだした人間たちがいると仮定して、その彼らがこれを利用してビジネスを始めるとすれば、それはどのような内容のものになるだろうか――、といった話し方を、ミサキはしていた。

「ギブとテイクの部門にわかれるとして。テイクのほうは普通に考えて、死者たちの有する膨大な情報を得るための部門ではないのかな、きっと。ぼくはね、それよりギブのほうがおもしろいと思うんだ」

「でも、ビジネスとして成り立つほどの規模でそんなことを続けていれば、いずれ話が世間に洩れだしてしまうでしょう。そのあたりはどうなの」

　と、その頃のナオミは冗談に調子を合わせるつもりで受け答えしていた。

「そこのところはね——このビジネスは、この世の側の秩序に干渉しないというのが当然ながら鉄則になるだろうから、むろん、秘密厳守でなければならないよね」

「どうやって。方法は？」

「記憶を消す。こちらのサイドで、ビジネスの客に接触することになった人間の、その間の記憶を消すしかない」

「そういうことが可能だとして、その記憶を消したために今度は別の影響が残るということはないの」

「ケースによっていろいろだろうけれど、本人の自然な同意なしに無理に記憶を消したりすれば、悪い影響が残るということはあり得るだろうな。あとに歪《ひず》みが残って、秩序の干渉ということになるかもしれない。そのあたりは、ビジネスの担当者の腕しだい。ということになるかな」

「そのビジネスの人たちっていうのは、どういうイメージなの？　ふつうの人間じゃないんだから、たとえば天使みたいな恰好の人たちであるわけ？」

「そうじゃないね。イメージとしてはダークスーツか何かの——日本人なんかじゃどう」

「どうしてそんな」

「そんな感じがするよ。案外ね」

こういった会話が、しばしばあったわけだった。

この話を——冗談のつもりで聞いていたにせよ——予備知識的に頭に入れていなかったとすれば、あの事故のあとで偶然タキ氏の噂を耳にした時も、あたしは本気になって調査にのりだしはしなかったに違いない。とナオミは思っていた。しかし、調査の結果、そのビジネスは実在していた。明らかに、ミサキはどういうルートからか、このビジネスの存在を知っていたのだ。

「そうとしか思えませんね。彼は知っていたのでしょう」

とタキ氏が言った。夕暮れのポーチで向かいあって、ナオミは問わず語りに兄妹のあいだでの昔の会話のことを喋っていたのだった。

ナオミは、タキ氏の言うことを聞いてはいなかった。声は耳に届いていても、ひと言も理解できないまま、放心していたようだった。

ミサキが戻る。今夜もどる。

ミサキに会える。今夜。

くりかえしくりかえし、自分を納得させるためにそう考えつづけても、ことばかりが無意味に空転して、現実感が身に添ってこなかった。午後から日暮れにかけて、ナオミは自分の手と頭が、急激に冷たくなったかと思うとまた熱くなっていくのをくりかえし感じていた。

顔には表情がなくなり、椅子に坐ったまま何度か卒倒しそうになった。目を開いたまま卒倒するなんてことが、あるのかしら。

ナオミは思った。坐ったまま、姿勢を崩さずに意識を失っていた瞬間が、何度か数秒間持続したように思われたのだ。

「客」を迎えに、いったん別荘を出るものと思われたタキ氏は、しかし出かける様子はなかった。

「準備はもう整っているものと考えてください。あとは待つだけです」――タキ氏はそれだけしか説明しなかったが、それ以上のことはナオミにはどうでもよかった。「客」が七時にここへ到着するということ、それだけを思いつめて、胸の悪くなるような興奮状態の中で自分を失っていたようだった。

「ふたりだけの兄妹なのですね」

と、タキ氏が喋っている。斜光を浴びたポーチはいつまでも明るいままで、この夕暮れは永遠に続くものかと思われるほど、ナオミには時間の経過が長く感じられた。

「もちろんふたりだけだわ。ほかの家族なんて、いないも同然よ」

ナオミは無意識に受け答えしていた。

「だからあたしたち、約束したんだわ――」

「何の約束ですか」

「ビジネスのことよ。もし死んでから、ダークスーツの日本人に会ったら、その時に」

「その時に？」

「必ず、ワン・ペアの片割れに会いに来るって。あの人あたしにそう約束したのよ。だからあたしも約束を守るんだわ――」

「あなたが？」

「むろんよ。そうじゃないの。向こうから会いに来てくれるのを気ながに待つなんて、あたしに考えられるはずがないわ」

ナオミは言った。

「だってそうじゃないの。一年もかかってしまったけれど、あたしはこうして」

……急に、ナオミは我に返った。

「どうしてあたしにそんなことを訊《き》くの――」

目をやると、タキ氏の椅子は空だった。いつのまにいなくなったのか、ナオミはひとりで喋っていたのだった。

奥の部屋の方角で、タキ氏が電話をかけているらしい話し声がしている。

一年もたつのに、と突然、ナオミの頭にいやな考えがひらめいていた。あたしはそのあいだ約束をはたすために、これだけのことをしてきたというのに、でも兄さんは？　もう一年にもなるというのに？

「どこへ電話しているの。何か予定の変更でもあるの？」

タキ氏を捜して、ナオミは声の方角へと歩きだした。外はまだ明るかったが、室内はもう文字の読めない薄暗さだった。

「いま、何時？」

言いながらナオミは角を曲がった。そして、棒立ちになっていた。

――その部屋には、電話などなかった。ナオミが戸口に立った時、話し声はやんでいた。話しあっていた二人が、ナオミを見て、口をつぐんだのだ。

「やあ」

と、タキ氏の前に立ったひとりが言った。

ナオミはいつまでも立っていた。

……かなりあとになってから、自分がそのとき一番に何を言ったのか、ナオミは思いだすことができた。

「あたし、卒倒なんて、しないわ」

と、ナオミはその時、言った。

ルール違反の説明をする時、タキ氏は「まず第一に」という言い方をした。その後で電話が入り、事情が変わったために、第二の説明はされないままに終わったのだ。

時計は七時を五分まわっている。

タキ氏は、ポーチの籐椅子に坐っていた。

庭先には、灯はない。やや涼気を含んだ夜気の中に——一日の陽光に暖められた土のにおい、麦藁の軸、乾燥した植物や枯れ草のにおい、海岸地方の丘陵地の夜の芳香があった。別荘の奥手ポーチからは遠い廊下の突きあたりにかろうじて見通せるひとつの部屋の戸口だけに、電灯の光が洩れだしている。そこが、ナオミたちのいる部屋なのだ。

タキ氏はその細い光の筋目を眺めながら、考えこんでいる様子をしていた。かすかにしか聞こえないが、そのあたりから、話し声が続く気配が伝わってきている。

——庭を囲む松林のあたりでは、ねぐらで咽喉を鳴らす鳩のくぐもった声が続いていた。

ナオミに対して、タキ氏はルール違反の説明を続けることをさしひかえていたが、その代わり、今日のビジネスの「客」のほうには説明をした。「客」の到着時刻は、六時半だった。ナオミには七時と言ってあったが、三十分間、その説明の時間にあてる必要があったのだ。

ミサキは、第二のルール違反とは何であるかを、タキ氏から聞いていた。

「あなたはよく御存じのようですが」

と、タキ氏は説明をした。

「このビジネスには、時間制限があるのがルールです。たいていは日が暮れてから、その日の真夜中まで。数々の条件のもとでは、それがぎりぎりなのです。そのルールを——」

「妹は破ってのけるつもりなんですね?」

ミサキは、あとを引き取って言った。

「それが第二のルール違反というわけなんですね? ばかなことを」

「妹さんの計画はあいまいで、なりゆきまかせのもののようですが。とにかく、あなたを説得して逃亡するおつもりのようです。このビジネスの組織全体から追われることになっても——財力と権力と意志と、その持ち札への確信がおありのようですね」

「ばかなことを」

と、ミサキは繰りかえした。

「脅迫なんてことを、いったいなんで思いついたというんだろう。タキ氏《ムシュー・タキ》、なぜ妹の言うことをまともに取りあったりしたんです？　あなたに脅迫なんて手が通じないことは知っていますよ、ほんのちょっと、握手をすれば、妹はみんな忘れてしまっただろうに」

「その方法は、なるべくならば避けたかったので」

「同意なしに——その方法を取ると歪みが残る、からですか？」

タキ氏は説明を加えなかったが、聞かなくてもミサキはよく知っていた。

たとえば、死んだ父親が希望して地上に残されたその子供に会うといった場合には、その子供の記憶をあとで消してやることには何の問題もない。死んだ父親と会うなどという、客観的に見ればひどく異常な体験を、子供があとあとまで記憶していることは本人のためにはならないからだ。むろん、そんな判断を子供自身がくだせるわけはないが、それでも人間である以上、何が自分のためになるかならないかを悟る自衛本能はある。だから、ひと晩の記憶を消滅されることに対して、自然に同意が生まれるわけなのだ。

ひたすら自分の信念に凝りかたまっている今のナオミは、この正反対の場合にあるわけだった。

「ですから、説得という方法をとるつもりだったのですが、途中で電話が入りましたので。あなたからビジネスの取り引きの申し出があったという、その連絡でした」

タキ氏は言った。ミサキは、複雑な表情をしていた。

「しかし、最初から妹を相手にしないという方法もあったでしょうに。説得に出むいたりせず、呼び出しを無視していれば」

「本当を言えば」

タキ氏は簡単に言った。

「あなたがたのファミリーネームが問題だったのですよ」

ミサキは、これには黙っていた。それが七時五分前のことで、そこへナオミが現われたのだった。──

ポーチを離れて、タキ氏は松林の奥へと歩いていた。そのはずれの崖ぎわに立つと、南にむかってなだらかに傾斜した丘陵地帯の夜景が見わたされた。

いつのまにか、月が昇っていた。

淡く月に照らしだされたゆるい起伏のつらなりには、深い陰翳が生まれている。その起伏をうねうねと縫って走る自動車道路──月の射す明るい地帯と、影の地帯とを出入りしながらこちらの丘へとうねりあがってくるその道路を、遠く、二条のヘッドライトが小さく動きながら近づいてきつつあった。

ダークスーツの袖を上げて、タキ氏は腕時計を月あかりに透かして眺めている。

やがて、車の音が届きはじめた。

乾燥しきった松の葉の堆積を踏んで、おだやかな微笑を浮かべたまま、タキ氏は車を出迎えるために前庭へと引き返しはじめた。

この同じ時、奥の部屋では、ミサキがひとりで喋りつづけていた。ナオミは、立ったままの兄から距離を置いた椅子にかけて、妙に冷静な表情で相手を見あげてい

た。

「どうかしたの」

と、歩きまわっていた足をふと止めて、ミサキは妹を振り返って見た。

「どうかしたって？」

「どうって――つまり、妙だよ。君は」

「どんなぐあいに妙なの」

「自分の口から言うのも変だけど、一年ぶりなんだろう？　もう少しなんとか――さっきからずっと黙ってるじゃないか」

「そっちこそ、一年ぶりにしてはさっきからつまらない話題しか持ちださないものね」

「ビジネスのこと？」

妹への説得の伏線として、ビジネスの話題をミサキはひとりで持ちだしていた。

「一年前――までは、ぼくはこの存在を聞いて知っていただけで、今ではじかに実在を確かめ得たわけなんだからね。興味が集中するのは当然だろう」

「あたしは興味がないわ」

「じゃあ――時間がないんだ。何を話す?」

「時間はあるわ」

「ないんだよ。君が何と考えようと」

「逃げることは可能よ。何を恐れるの」

ナオミは、冷静な口調で言った。

「あなたは一年前に、内臓破裂と全身骨折で死んでいるのよ。死んだのよ。それが現に今、ここにいるんだわ。ここまで話が飛躍してしまえば、このあと逃げだして地上にとどまりつづけることに、何の差があるというの」

「ぼくは自分の力でここへ来ているんじゃないよ。彼らの力を借りているんだからね。その力の供給を絶たれれば、それで」

「やってみなければわからないじゃないの」

ナオミは立ちあがった。怒りを、はっきり顔にあらわしていた。

「今夜のあなたは気に入らないわ――何もかも。何を考えているの」

ナオミは急に言った。

「あの日本人と、何を話していたの。何かあたしに隠してるわね?」

「——本当に、時間がないんだよ」

ミサキは、椅子に腰を落とした。

「まだ八時よ」

「もう？」

ナオミは、テーブルの置き時計に近づいた。さほど大きくないそれを手にとって眺め、窓の外へと投げた。

木の幹にはね返って、地面に転げる嫌な音がした。

「逃げましょう。車はあるわ。あの日本人は歩いてきたんだから、今夜のうちに逃げのびることができるわよ」

「君には、たしかに隠していたことがある」

ミサキは、疲れたように言いはじめた。

「今はそのようね。でもいいわ、これから先あたしには何も隠さないというのなら」

「今だけじゃない。ずっと昔から隠していたんだ」

ナオミは窓から振りかえった。

「そもそもあのタキ氏が、なぜおまえなんかと話し合いに来たんだと思う。ファミリーネームが問題だったんだよ」

「名前——パパの？」

「ぼくがなぜ以前からビジネスのことを知っていたか。このビジネスのギブアンドテイクのことは、前に説明したね？」

「それが何なの。パパと関係が——」

「テイクの部門にね。その線からぼくはビジネスのことを知っていた。父親の名前のことがあったから、タキ氏はおまえを簡略に扱うことができなかったんだよ。たぶん連絡をとりあって、おまえの扱いについて依頼されていたのかもしれない。説得して、意をつくして諦めさせるように——傷を負わせないように」

「あたしは、ひとりでここまで何もかもやってきたのよ」

ナオミは叫んでいた。自尊心が、疼くようだった。

「あなたあたしと約束したわね——会いに来るって——あたしのほうは、ひとりで何もかも、一年かかって今日までこぎつけたのよ。あなたは何をやっていたというの——」

「このギブのビジネスに乗れるのはひとり一度と決まっている。君ともう会えない。とにかく、会えて嬉しかったよ」

ミサキは妹に近づき、片手を取った。

「これは嘘じゃあないよ――君がちゃんと聞きわけてくれるんだったら、今夜の記憶は消さないでもらえるように、ぼくから頼むことにするよ」

ナオミは黙っていた。

「ずっと覚えていられるように。依頼主がそれを希望すれば、相手の記憶は残しておいてもらえるんだから」

「依頼主はあたしよ」

ミサキの手をはずそうとはしなかったが、ナオミは苛立った声のまま言った。

「あなたは約束のことも忘れて、何もしなかったんじゃないの。あなたを呼び出させた依頼主はあたしよ」

「約束――?」

「まさか覚えていないんじゃあ」

「いや。でも、依頼主はぼくだよ。地上の側の人間はルール上、依頼主にはなれないんだから」

「え」

ナオミは、目を上げた。ひどく曖昧に――それから急激に、顔が輝いた。

「じゃあ、あなたのほうから。あなたあたしに会いに、あなたのほうから申し出たんだったのね。それで今日――ああ」

「どこにいるのかな、あの人は」

ミサキは、急にうろたえた様子になって背を向けた。ナオミは、困惑して後を追った。

「どこへ行くの」

「タキ氏に用事がある」

「よしてよ。駄目よ。あたしに会いに来たんでしょう、あたしのところにいて」

「行かなきゃならないんだ」

「何故よ。ミサキ！」

車の音が聞こえていた。廊下の先に、庭に射しこんでくるヘッドライトの光芒が見え、ナオミは混乱していた。

「あたしよ。あたしのことだけ考えているんでなきゃ駄目よ。あたしがどれだけの思いをしたか――」

「おまえはぼくのことを知らないよ」

急に振り返った兄の顔が、ヘッドライトの強い光線を受けて気味の悪い明暗に染められるのをナオミは見た。見たことのない顔だった。

「おまえに隠していたことが――ぼくはあちらでテイクのビジネスに関係している、だからこの一年のあいだに親父とも何度か連絡係として会った。おまえのことは――ギブのビジネスを申しこむことを思いついたのは今日だったが――」

「あれは誰なの」

庭に止まった車から、若い娘が一人、出てくるのが見えた。ヘッドライトの強い逆光で、顔は見えない。兄が、思いきったようにそちらへ駆けだしていくのをナオミは見た。逆光の娘が、両腕をひろげた。

「ばか」

と、ナオミがひと声、高く叫ぶのをタキ氏は離れたところで聞いていた。

今夜の客が、ひと晩の限られた時間の中で会うことを望んだのは、同じ年の妹ではなく恋人のほうだった。タキ氏は自身の判断で、その時間の一部を妹のほうにも割くように手配した。客は、説明を聞いてそのことを承知した。その結果がどのようなものになるか、タキ氏にはあらかじめ予想がついていたのだったが――

見ると、ナオミはまだポーチに立ちつくしていた。影に喰われて、その表情は誰にも見ることができなかった。

……十二時を少し回った頃、タキ氏はその部屋へ静かに立ちよった。

一度死んだ人間は、すでに彼の正しい居場所へと帰ったところだった。その恋人は、依頼主の希望で記憶を消され、車で送り返されていった。見送ってから、その足でここへやってきたのだ。

壁灯の小さな明かりがひとつともっただけのその部屋で、ナオミは床に坐って椅子のクッションに顔を埋めていた。相手が顔を上げる気になるまで、タキ氏は音をたてずに待っていた。

……隣室の振り子時計の音が、秘密めかせた雰囲気で聞こえている。

「――苦しいわ」

やがて、ナオミは乱れた髪のあいだに顔を上げた。瞼《まぶた》と唇がふくらんでいたが、その目は少し充血しているだけで乾ききっていた。

「苦しいわ。こんなにも苦しいわ」

一本調子の、妙に無感動な口調でナオミは繰りかえした。

「忘れたいの。あなたはその力を持っているんでしょう。記憶を消して」

「たやすいことです。あなたがそれを望むのであれば」

タキ氏は、ふと別のことを言いはじめた。

「──あの人は、今後テイクの部門から離れるそうです。もうこちらの、誰にも会わないと」

「──パパとも？」

「あの方との我々の接触も、予定をおおむね消化したようです。今月中にも取り引きは終了するでしょう。あの方の代のうちに、今後我々がお国の政府と接触する予定はないようです」

「パパの名前のせいだったんですってね──あたしが相手にしてもらえたのは」

「そればかりが理由だったとも言えません」

タキ氏は、ほとんど足音をたてない歩き方で近づき、手近な椅子に浅く腰を載せた。ただそれだけの動作に、鎮静剤的な意味が含まれていたようだった。

「こんなビジネスを続けていると、どうもこの世の秩序とかルールとかいったことが気になってくるようです」

タキ氏は言った。

「このビジネスは、その秩序やルールを乱さないことが鉄則です。乱さないよう心がけるということは、それを悪いほうへではなく良い方向へむけるよう気を使うことを意味します――わかりますね」

いかにも事務的な、丁重さを失わない口調だったが、今のナオミにはそのほうが好もしかった。タキ氏の声は、声だけの存在となっているような様子で続いていた。

「ビジネスの周囲に――あるいはビジネスの終了したあとに、秩序を乱すような悪い要素が残っていてはいけません。ところであなたを今夜あの人に会わせるようにしたのは私のはからいですが、何の考えもなしにしたことではありません」

「――でも、こんなにも苦しいわ」

タキ氏は、黙っていた。沈黙の中で、ナオミは考えていた。

「もう行くの」

と、やがてタキ氏が立ちあがる気配を感じて、ナオミは顔を向けずに言った。

静かな靴音は、戸口まで行って止まった。

「次のビジネスが待っていますから」

やがて、

「今夜の記憶は、あなたの正当な持ち物です。あなたが自ら獲得してのけたのです。誰にでもできることではありません——どうか、苦しむところから始めて下さい」

——あとは、遠ざかっていく気配さえナオミには感じとれなかった。

最後のことばを、タキ氏のものではなく、誰でもない抽象的な声によって残されたものとして、ナオミは聞いていた。タキ氏のことなどすでに忘れて、ナオミはじっとうずくまっていた。

嗚咽は、苦しい発作のように始まった。最初は、全身を熱く痙攣させる大きなふるえとして。そしてしだいに圧倒的な奔流として。

一年間、冷たく思いつめることによって涸《か》れきっていた涙が、初めて熱く噴きだした。無人の別荘の一室で、声をあげてナオミは泣きはじめた。——それは確かに、苦悩の姿に違いなかった。が、それでも本人の意に反するように、その涙の奔流には隠しきれない若さの持つ力があった。今は暗闇の中で苦しみつづけても、いつか夜が明ければ、必ず回復していくだろう力が。

それでも今は、ナオミは自分の苦痛の中に没頭している。外は、真夜中を過ぎて月が明るかった。

蒼白く染まった月夜の庭を、影を曳いてタキ氏は歩いている。

ガレージの脇を迂回し、やがて門に出た。油を差していない鉄扉をくぐって、閉じようとすると、錆びた蝶つがいが少し音をたてた。

どこかで、鳩の眠たげなふくみ声が続いている。遠くの海の香をかすかに含んだ大気に向きあうと、タキ氏は月下の丘陵地帯を広く見わたした。

数十マイル四方に人の気配のないその光景の中へと、ダークスーツの姿は疲れた様子もなく踏みだしていった。まばらな松の木立ちが奇妙な影を落としている自動車道路へと、徒歩で下っていくその姿は、しばらくは月あかりの底に小さく見え隠れしていた。が、やがて幾つめかの影の地帯に呑みこまれて、そのまま消えた。どこへ行ったというのか、嘘のように、もう見えない。

——五月の夜明けが訪れるまで、あと数時間はありそうだ。

第三話　通夜の客

女の子が立っている、とはじめ勲《いさお》は思った。

まっ白い髪を小さめの顔のまわりに波うたせて、木造洋館のベランダにぼんやり顔を上げたまま立っているその老婦人が目に入った時、最初にそう思ったのだ。

黒松の古木が、けぶるような午前の小雨のなかで濡れ色をきわだたせていた。前庭から、飛び石づたいにこの奥の庭へと入っていきかけたまま、勲はそこに立っていた。――黒レースの洋装に一連のパールの首飾りをつけた老婦人は、まだこちらには気づいていない。

子供のようなひとだ、と勲はもう一度思った。

誰かに見られているとは気づいていない――、世界の美しさにつつましく感謝しているような喜びが、遠いベランダのその顔に静かに光っていた。それを邪魔することは、罪のように思われた。客はみんな母屋のほうに集まって、こちらの離れの洋館には誰もいないとばかり勲は思っていたのだったが、ここは引き返したほうがよさそうだった。

「あら」

と、その時静かな声がかかった。奇妙にかわいらしい印象を与える顔が、遠くからこちらへほほえみかけていた。

「まあ、すばらしいこと――それは何本くらいなのかしら、百本はあるの?」

「百本と少しです」

黄白の、両腕にあまるほどずっしり嵩《かさ》ばった菊の束をかかえ直して、小雨の波紋をつらねた池泉のみぎわへと勲は石段を降りはじめた。

「傘もささないで――」

「小雨ですよ、気持ちがいいくらいです」

「濡れると、菊はひときわ香がつよくなるようね。ほろ苦い、喪の花のかおりね」

「西洋《あちら》では、カラーが喪の花ですか?」

老婦人が海芋《カラー》のひと束を下げているのに気づいて、勲は言った。と同時に、相手が誰なのか、その名がわかった。

幼い頃から、椅子と洋銀の食器で育ったと聞いているひとにふさわしく、小柄な老婦人の姿は、首すじも背も脚もすなおにまっすぐ伸びている。半世紀近い海外生活を切りあげて、最近日本に帰ってきたという美濃《ミノ》夫人というのが、このひとであるに違いなかった。

「早く上がっていらっしゃい。そんなに濡れて」

逆手に下げていた海芋の束を、ミノ夫人は持ち直して顔によせた。淡緑にすいすいと伸びた茎のさきで、純白肉厚の筒がたをした海芋の花は、つややかに露をこぼして夫人の手をすこし濡らした。

「カラーはね、においがないんですよ。水のにおいがするだけ。お供《そな》えにしようと思って家から持ってきたのだけれど、日本では変かしら？」

「そんなことはありませんよ。仏様だって、子供や孫を何人も国際結婚させた人なんだし」

「そうお思いになる、ほんとうに？」

……夫人の喋りかたには、間のつなぎかたに静かな水の流れるような自然なのびやかさがあって、聞く者のこころを落ちつかせた。昨夜から急に気温が上がって、けさは衣服のしたに隠された肉の体温がけだるく意識されるようなさみだれの朝となっていたが、この小雨の庭さきの雰囲気に、その夫人の声は奇妙に似つかわしく思われた。

　手まねきして、夫人はガラス扉をあけはなした薄暗い室内に入った。明治時代の当主が英国から取りよせたという色のさめた絨緞が、夫人の子供のような小さな足を音もなく受けとめた。

「玄関のほうが、ちょうど届いた座蒲団だのお膳だのでふさがっていたので、それでこちらへまわってきたんです」

　勲は、ふと気後れを感じてそんな説明をはじめた。

「なにしろこれでは傘もさせなくて、表通りの花屋からずっと濡れて帰ってきたんですよ」

「その花のしずくをよく切ってからお入りなさい。古い絨緞に湿気はよくありませんから」

「今、お着きになったんですか？　この朝あたりからぼつぼつ人が集まりはじめているようですが。お泊まりはこちらですか？」

「この二階に、お部屋をいただきました。ざっと荷ほどきして、これから母屋へうかがおうと思っていたところです、ごいっしょに参りましょう。――さっきあなたがあのお庭に出てきた時、とても印象的でした」

ミノ夫人は、とつぜんそんなことを言いだした。

「とても強い印象。むかし、あなたのようにたいへんな菊をかかえて現われたひとを見たことがあります。――濃い硫黄《いおう》いろの、芯《しん》にえんじの混じったうんと大輪の花、茎の長いのを、そう、やはり五十本か百本はあったでしょうね。日本の菊とはかなり様子が違っていたけれど、でもあれは間違いなく菊でしたよ。パリのアパルトマンの、上の階に御夫婦でお住まいの方でしたから、それで階段のところで出会ったんです。若い大尉さんでしたけれど、その時、うっすら赤くなってらしたのをよく覚えていますよ」

夫人の日本語は、日本人と何の変わりもなかった。

「何故あんなにもたくさんの菊を持って帰ってらしたのか、きっと奥様との約束だったのでしょうね。あまり陽の射しこまない、薄暗い階段を軍服のまま上ってくるところと出会ったのでしたけれど――こちらを見あげて、赤くなって、そうしてあのなつかしい、ほろ苦い日本の菊のかおりがあたりいっぱいにあふれていました。あれは、もう戦前のことになってしまったのですね」

夫人は、歩きながらくるりと振りかえった。

「そのときの強い印象、それですよ」

「ぼくのは葬式用の菊なんかで、印象が悪くはありませんか？」

全身を眺められて、勲は顔がすこし熱くなったような気がした。

「花に貴賤はありません。日本に帰ってきてよいことをした、とさっき思いましたよ」

おだやかな口調のままだったが、夫人がこの会話をほんとうに楽しんでいるらしいことがよくわかった。——急に、勲はたがいに初対面のあいさつもまだであることを思い出した。そんなことを意識させないような自然さが夫人の側にあった、それで失念していたのだったが、考えてみれば夫人には勲が誰なのかわかっていないはずだった。

一族の長老格である勲の祖父が昨夜遅く永眠し、今日のお通夜と明日の葬式のために、この昼ごろからぼつぼつ一族参集が始まっていた。ミノ夫人も、そのひとりなのだ。明治三十五年、と礎石にきざまれた木造洋館から渡り廊下を通って、日本建築の母屋に入っていくあいだ、夫人はおおむねひとりでのどかな話をつづけていた。

洋館がわの庭が、純和風の林泉庭園であるのに対して、こちらがわの庭は、現代美術館の庭めいた幾何学的なようすになっていた。この庭は最近になってすっかり造園しなおしたもので、洋館のほうが明治浪漫の抒情的で濃厚な雰囲気にあふれているのに、こちらは思いきって造形的な工芸品の感じになっている。勲はあまり好きではない。が、室内は、保存のための改築はしているが全体には戦前のままだった。

それを、今日は襖をすっかり取りはらい、家具のたぐいもおおかた片づけてある。青い畳ばかりが波のように座敷の奥へとつづいていく光景を、ミノ夫人はめずらしげに眺めているようすだった。

「いさおさん」

と、あわただしく動いている人影のあいだからひとりが声をかけてきた。

「おひる、早くすませておいて下さいね。食堂に用意してあるものを何でも、——

おかまいできなくて悪いけれど、午後からはまた忙しくなると思いますから」

白木の祭壇はもう奥座敷に調えられて、昨夜以来けむりの絶えない線香のにおいが、あたりに強く染みている。菊の束を人に渡して、ざわめいた雰囲気のなかで立ちかけた時、勲はふとミノ夫人に目をとめた。

黒いトーク帽をハットピンで髪にとめて、網のヴェールを上にあげた夫人の小さな顔は、喪主側の人びとに混じって部屋の中央に見えていた。椅子の生活に馴れたひとの、膝の骨が曲がっていない発育のよい女の子のような脚では正座はつらいだろうに、座蒲団にぴたりと居場所を決めた夫人のようすは、何時間でもそのまま動かずにいられるように見える。

海芋の束は、いつのまにか黄白の菊に混ぜられていた。それを壺に活けているのは、一つ紋の地味な色無地を着た青い眼のひとで、これも国際結婚組の齢のはなれた嫂《あによめ》のひとりだった。こういう大一族のなかでは、ミノ夫人のような存在もそれほど特異ではないはずで、特別な好奇の対象として居ごこちの悪い思いをすることはないだろうと思われた。世間ばなしの相手にでもなっているのか、話しかけられて首をめぐらせるその動作の流れるような自然さが、周囲に溶けこんでいるようでいて印象的だった。

ふと目があい、軽く目礼してから勲は部屋を出た。――この時、この子供のような表情をした銀髪の老婦人とは、パリ時代の想い出ばなしを聞かされただけでは済まないような――、なにかつよい出来事でこの先自分とかかわっていくだろうという予感が、勲の胸に生まれていた。


「未亡人だって聞いてるよ。子供もいないそうだし。あの人のことをよく知っている年寄り連中は、『お姫さま』とか呼んでるね」

と、同い年のいとこの文生《ふみお》が言った。

午後三時の遅めの昼食をとっているその文生のまわりでは、雨に閉じこめられて不満げな五歳から九歳までの子供が七、八人、野放図にあばれまわって、棚の食器が鳴るような騒ぎかたをしている。

「お姫さま」

「ウィンナのね。ウィンナの『お姫さま』」

どんぶり飯を軽くたいらげて、文生は急須に手を伸ばした。

「絵画きの旦那とふたりきりで、どこかライン川のあたりの古い城を買って住んでいたとかいう伝説があるんだけれど、これはまあ、伝説にすぎないのかもしれない。けど、そういう伝説が生まれるに足る、えらく大時代な抒情的背景でもって生きてきた人らしいね。金利だけで食べてきた、相当の金持ちだってことは確かだし」

「子供がいないのなら、そういう親戚は大事にするものよ」

と、中学三年生の聡子《ふさこ》が兄にむかって生意気な口をきいた。

「きみは黙ってなさい。遊び仲間が大勢いるでしょう。それで、お姫さまのつづきだけどね」

「どういう血縁になるのかな。ぼくらと」

勲が口をはさむと、文生はあっさり知らないと言った。この文生との関係も、小さい頃からいとこ同士ということになってはいたが、ほんとうはまたいとこか何かのはずで、一族全体の系図ということになると五里霧中だった。

駆けめぐる子供たちが埃を蹴たてるなかで、文生は食卓に肘をついて何か思いだす目つきになった。

「食べていく心配のない、生活無能力者。奥方のほうは、子供のまま大きくなってしまったおとなこども」

「なんだ、それ」

すると、辛辣な口をきくので悪名の高いある大伯父の名をあげて、文生は暗唱するように続けた。

「金と手間ひまをむやみにつぎこんで出来あがった、世間しらず苦労しらずの、温室そだちの一種の奇形。たしかそういう表現で評してたね。これは奥方のほうへの評で、旦那のほうにじかに会ったことのある者はあまりいないらしい」

「そのふたりも、族内婚なの」

聡子が、ややこしい単語を使って言った。

「姓が、やっぱり美濃でしょ」

「あのね、すこおし静かにしてようねえ、テレビ？　このおうちはね、テレビがないんだって」

文生が肩ごしに言うと、子供の一団から、いっせいに憤りに満ちた声があがった。声のなかには、英語も混じっていた。

「テリブル！」

と、文生が口まねして笑い、にわかにげっそりした表情になった。昼のあいだ、子守を一手に引き受けてこの一団を外に連れだしていたのはこのいとこで、子供には全員レストランで食事をさせたけれど、引率者自身は食べるどころではなかったそうなのだ。

「そろそろ、市内のホテルへ引きあげていた組が、どっと戻ってくる時刻だろ」

「子供も、この倍にはふえるね。子守、もうぼくは終わりだよ、あんたがやってよ」

「まさか」

勲は、かなりぎょっとした。

「嫂《ねえ》さんのだれかがやってくれるんじゃないの」

「あのね、お通夜とか、お葬式とか、そういう場所では女手というものはもっと有用な方向に向けられなきゃならないの」

聡子が、一人前の口ぶりで言う。

「子守みたいな雑用は、ぼうっとした大学生あたりの役どころなの。でなけりゃ、力仕事ね」

廊下から、それぞれ持参のエプロンを略式礼装の腰に着けた女性連が入ってきて、話はそこでとぎれた。古顔新顔とりまぜたなかに、ミノ夫人はいなかった。

外で、車の停まる音がした。と思うと、続けざまにあと二台、タクシーが門のあたりで停まるのが見えた。

「あなたがた、傘を、悪いけど差しあげに行って下さいな。あそこから玄関までは、かなり濡れてしまいますから。それと、下足札を」

「下足札まで？」

「こういう席では、黒い靴ばかりになるから必要なんです」

学生ふたり、と貫禄のある伯母に名ざしされて、一分後、いとこ同士は小雨の庭を走っていた。エンジンをかけっぱなしでドアをあけ放しているタクシーの、ドアのひとつの下にはほっそりした黒いパンプスの足が出て、遠縁のだれかの亜麻色の髪の頭が現われた。続いて、ばらばらと三台の車から人が吐き出されはじめた。

文生が、その少女の混じった一群を選んでさりげなく方向を変えたので、

「族内婚」

勲は小声で言ったが、文生は無視していそいそと傘の束をくばり始めた。

「雨のなかを、御苦労さまです」

――たしかに、この一族では親族同士での縁組みが圧倒的に多く、そうでなければ思いきって国籍のちがう結婚になっているわけだった。

ふと見ると、水気をしっとり含んだ芝生の一角から、紫色の蛇の目傘が浮きあがるように現われていた。合歓《ねむ》の木を背景に、静かなようすで歩いてくるのはミノ夫人で――、こちらを見ながら、「あら」と言いたいような、もの問いたげな笑い顔になった。

傘をくばり終えた、勲と文生のふたりを見比べているのだった。

「そうか」

と、ふたりは同時に横目で眺めあっていた。

「うちは妙に似た顔が多いんですよね。一族の特徴的な顔のタイプというのかな」

文生が言ったが、相手が話題のミノ夫人であることはすぐにわかったようだった。

ふだんは馴れきっていて特に意識することもないのだったが、勲と文生は、またいとこという血の遠さにしては兄弟か、いっそ双子のように似ているのだった。

「双子の多い家系だし――」

「うちの親父の兄弟なんか、どれもこれも同じ顔ばかりで見分けがつかない」

「いとこ同士とかで結婚なさった方が多かったはずだけれど、そのせいかしら？関係があるのかしらね、そんなこと」

ミノ夫人がゆっくり近づいてきて言った。庭を散歩してきたような様子だった。

「でも本当に、似てらっしゃる。間違えそうだわ」

タクシーを降りた年配のひとたちが、その夫人を囲んで挨拶をはじめた。玄関へと、三々五々に傘の列が動きだして、勲たちも喋りながら戻りはじめていた。新しい車の音が聞こえたのは、背後を話しあいながら歩いてくる夫人の静かな声が、五月の日本は五十年ぶりだと言いはじめた時のことだった。

「あっ」

と、小さな、それでいて緊迫した叫び声が起きた。振りかえった時、勲は夫人が口を押さえて門のあたりを凝視しているのを見た。

ゆるいスピードで、一台の車が門の外の道を通過していくところだった。見えたのは一瞬だったが、地方の町にはめずらしい、黒塗りのリムジンだとわかった。

「どうかなさいましたか」

ひとりが声をかけて、ミノ夫人はようやく我に返った様子で、口の中で何かつぶやいた。まわりの者は気にもとめない様子だったが、勲だけは、夫人の敏感な頰がけさより血の気を失っていることに気づいた。

夫人が口の中で言ったのは、聞きとれないほど早口の英語だった。

たったひとつ聞きとれた単語は、勲の耳に、「タキ氏《ミスタ・タキ》」と聞こえた。

「ほんとうに。五月の日本は、五十年ぶり」

と、ミノ夫人はひとりきりの部屋で再び声に出して言った。

「ちょうど、丸五十年」

……離れの洋館の二階、客用寝室として明治三十五年に造られた時の調度がそのまま入念に保存されている南向きの部屋の、窓の外は小雨の午後七時の暗さになっている。カーテンを引いていないので、ふと目をやると、窓ガラスには明るい室内とミノ夫人自身の姿が暗く映しだされていた。

古風な置き時計が、律義に秒をきざみつづけている。

通夜の席に戻らなければ、と夫人は自分に言い聞かせた。すこし足を伸ばしたいからと部屋に引きとって、もう一時間近く経っているのだった。

廊下に出ると、球型の天井灯がともっていたが、常夜灯のような陰気な暗さで、目が疲れる感じがした。彫りのある手すりに片手をのせて階段を降りていきながら、夫人は、ひと前では決して見せない思い乱れた表情を顔に出していた。

――でも、あのいさおとかいったひと、学生だったかしら？　あの子は、いい子だわ。心配そうな目で見ていたけれど、遠慮して口には出さなかったのね。あれはいい子だわ、菊を抱いていたっけ……。

リムジンの窓に、横顔を見たと思ったけれど、気のせいだわ。そんなばかな。……第一、ほんとうにそうだったとしても、五十年も前にたったいちど会った相手の顔を、私が今でも見わけられるわけがない。そんな気がしただけなんだわ。夫人は、思っていた。

わっと、急にとんでもない声が目の前で湧いた。夫人は、階段に坐りこみそうになるほど仰天した。常夜灯のような薄暗さのあかりしかない、階段下の小ホールを、隠れていた子供たちがだしぬけに飛びだして駆けぬけたのだった。

三人だけ、逃げていく仲間に加わらないで残っている子供がいた。

階段の途中で、ようやく驚きからさめて、夫人はまじろぎもしないその三対の目と向きあっていた。

……日本人の、おかっぱあたまの和服《きもの》の子供というものを、夫人はずいぶん久しぶりで目にするものだと思った。階段の真正面、ここにも絨緞が敷きこまれて籐の応接セットが置かれているホールの向かい側に、壁を背にしてこちらの目を真一文字に見あげている三人のうちの二人が、そういう子供だったのだ。

そして双子だった。

手をつなぎあったまま、タイミングを計ったように二人がそろって身をひるがえした。おかっぱのぶ厚い髪がひと揺れして、おそろいのきもののたもとがさっとひるがえると、あとは後ろ姿になって陰気な廊下を走っていく。淡い金髪の、五歳くらいの幼児があわててそのあとを追っていった。

母屋にもどると、うまいぐあいにすぐ勲が見つかった。

「双子の女の子ですか？　どこの家の子かな」

勲は考えるような目になって、

「あの子たちのことですか？」

指さしたのは、十五、六歳の、髪型が互いに違うためにあまり似て見えないふたりの娘だった。

「いいえ、濃い黄色の地の、小紋のきものを着た子たちですよ」

夫人は言った。

「着替えが間に合わなかったのかしらね——でもよく似合っていて。七つ八つで、おかっぱさんの」

勲は即答した。

「英語しか喋らない子たちでしょう」

「K**市の分家の——ぼくのいとこだか、いとこの子だかに当たるはずですよ。このあいだ一家そろってロンドンから帰ってきたところで、ほとんど使用人まかせになっていたらしいんですね。そのせいでだか、日本語より英語のほうが楽らしくて、ふたりだけで喋っているところを聞くと、クイーンズ・イングリッシュとかいうやつ」

勲は、意味をこめて身振りをした。

「家庭教師に、発音を叩きこまれたという話ですよ」

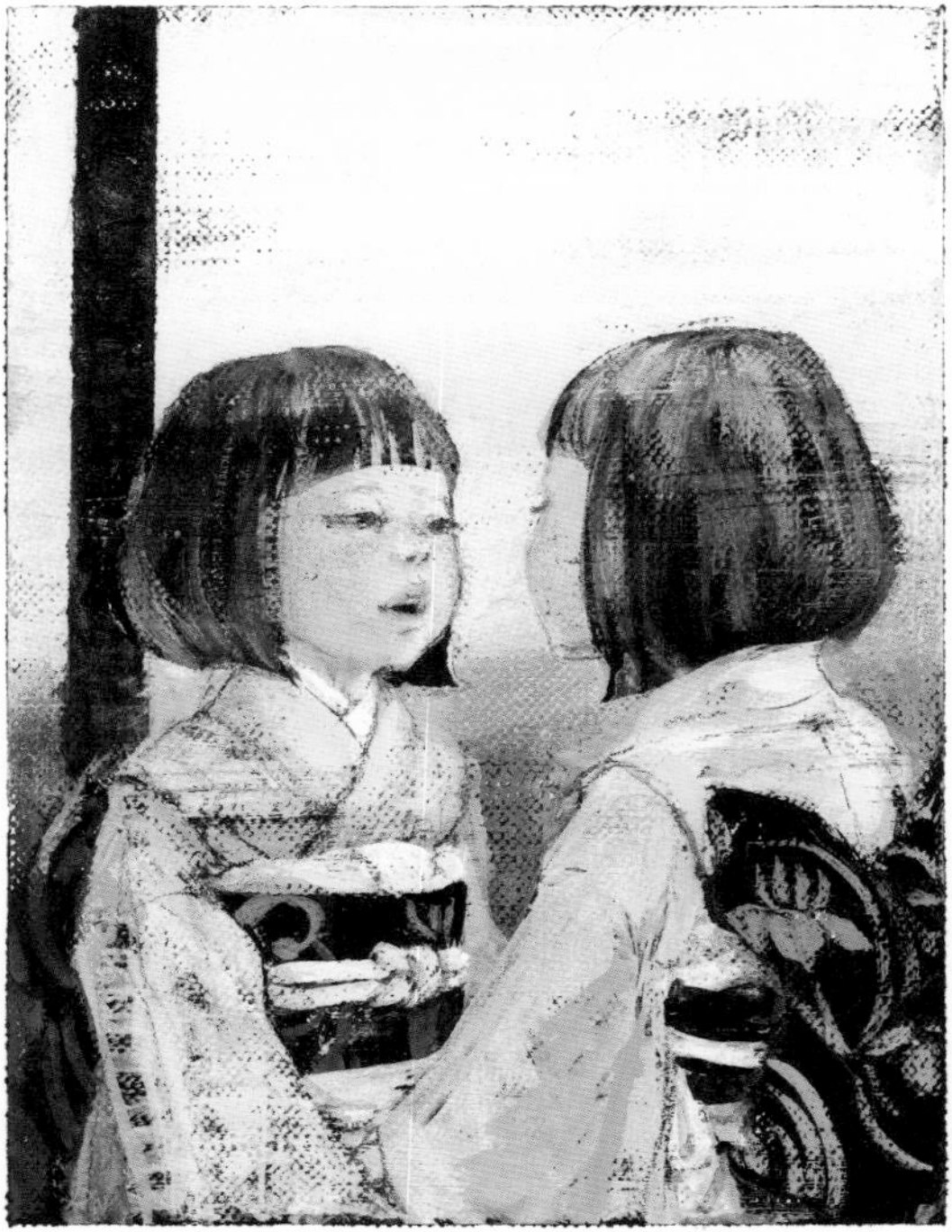

「その子たちも、ここに泊まっていくのかしら」

「訊いてきましょうか」

用事を言いつかったのがむしろ嬉しいような様子で、勲が気軽に立っていくと、夫人は急に気ぬけして手近な座蒲団にすわりこんだ。あの双子たちについて、知っておきたく思う理由が夫人にはあったのだ。席をはずしていたあいだに読経は終わってしまったらしく、通夜の座敷にはもう酒肴が運ばれていた。故人が年に不足のない大往生で、遺志により通夜は身内だけのものとなっていたため、座はなごやかで久々の一族参集を楽しむ雰囲気となっている。

あの離れの建物が、ちかぢか有形文化財の指定を受けそうな雲ゆきで、保存させられる身にはたいへんなありがた迷惑だ、などと喪主であるこの家の当主が微醺《びくん》を帯びた声で喋っている。末座に夫人もつらなるうちに、話の輪にさそいこまれて、落ちつきなく受け答えしている時、視野のすみにふと黄色いものが見えた。

外まわりの廊下と座敷をへだてた障子の列の、一枚だけが少しずれて、そのわずかなすき間に濃い黄色が動いているのだった。

――座敷のほうが廊下より明るいので、外に立っている者の姿は影絵になっては映らない。夫人が、口先だけで話し相手と調子をあわせているうちに、そこの障子がふっと開いた。膝をついてそれを開いたのは、盆を運んできた女の人で、その向こうに、廊下で立ち話をしているあの双子と勲がいた。

勲の目が、ふとこちらの夫人を見た。つられたように、双子もこちらを鋭く見つめた。ひとえ瞼の、きつい目で、ふたりそろって夫人を凝視するなり、急に走り去っていった。

「泊まっていくそうですよ、こちら、母屋のほうに」

勲が、入ってきて言った。——この時、夜の雨は未だに強くもならず細くもならずに、母屋の通夜の客の頭上を叩きつづけていた。そして洋館の青銅いろの屋根を、外の芝生を、さらにこの古い歴史のある街の全体を、雨は黒々と濡らしつづけているはずだった。

「ということは、英語がおわかりになるのね」

「あの子たちよりは、下手ですよ」

ダークスーツに着がえている勲は、肩の動きで意味をあらわした。

「話してみてわかったんですが、あの子たち、日本語はほとんど駄目なようですね。

いったい、両親は何をやっていたんだろう」

「私もあの子たちの年には、日本語が喋れなかったんですよ」

「あの子たち、つれてきましょうか」

「いいえ。そういうことではないの」

夫人は思いの中に閉じこもり、勲が何か言いたげな様子で自分の席に戻っていくのも気づかなかった。——夫人があの双子たちと同じ年ごろで、おかっぱあたまであの子たちとよく似た黄色い小紋のきものを着ていたのは、五十年まえのことだった。そういう姿で、五月の日本に父親と戻ってきたのがその五十年まえのことであり、そしてその五月の日本でタキ氏と会った時、夫人は英語しか喋れない子供だったのだ。

庭園灯が、五月闇《さつきやみ》の庭に点々と、蒼白くうるむようにともっている。

その庭を見わたす外まわりの廊下に夫人が出た時、退屈した子供の一団が、口々に何かもめながら歩いてくるのに出会った。双子は、いない。すれ違いながら見ると、女の子たちは松の葉をたくさん集めて、それで首飾りをつくりながら歩いているのだった。

「へたね！」

年長の少女が金切り声で言い、年下の子たちは苛立ってぶつぶつ騒いでいる。料亭の仕出し屋が、台所口のあたりで世間ばなししている声が聞こえた。

「いさおさん」

姿を見つけて夫人が声をかけると、

「文生のほうですよ」

相手は、にっと笑って白い歯を見せた。ダークスーツに着替えているので、ふたりの見わけがつかなかったのだった。

黒い服ばかりの人びとのあいだを、ミノ夫人は夢に憑《つ》かれたように当てもなく歩きまわっていた。あと一歩で、快適さを越えた蒸し暑さになりそうな夜で、夫人はかつてない奇妙な感覚に落ちこんでいた。誰でもいいから話す相手を見つけなければおさまらないと思った。五十年間、美しい夢としてひとりの胸のうちに秘め、生涯だれにも打ちあけないつもりでいた、五月の日本での出来ごとを。

そして、新しく変えたばかりの畳があおあおと、目ににおう波のように灯《あか》りのない先の部屋までどこまでも続いていくあたりで、夫人はそのダークスーツの人を見た。古びた振り子時計が戦前からの時をきざむ音がして、遠くの座敷のにぎわいも、ここまではとぎれとぎれにしか聞こえてこない。

光の射しこまない、壁ぎわの金泥の屏風の前で、ダークスーツのその人は振りかえって顔をさらした。

「タキ氏《ミスタ・タキ》」

——五十年まえから少しも年をとらない、あのリムジンの窓に見たものと同じその顔にむかってミノ夫人は言った。そして、貧血を起こした。

……五十年まえのその日の出来ごとを、まわりの人びとは「神隠《かみかく》し」と受けとったのだった。

当時七歳にすぎなかったミノ夫人には、自分の身に何が起きたのか正確に理解するのは無理だった。かなり後になって、あれこれ考えあわせてから、少しずつ意味がわかってきたのだ。それはともかく、客観的な事実だけを言えば、七歳の子供が丸ひと晩行方不明になっていたわけであり、昭和のはじめの地方市に住む人びとにとって、それはまぎれもなく「神隠し」に見えたのだった。

七つの子供にとって、その夜の出来ごとでもっと印象に残ったのは、夜の公園か丘のような場所で女のひとに遊んでもらったことだった。月のない夜のことで、人気のない公園には、闇の底をいちめんに埋めて杜若《かきつばた》の花がほの青くむらがり咲いていた。五月にしては熱っぽい夜気の中に、水の香がただよって、白いきものの女のひとはそこで待ちうけていたのだ。――神隠しの子供をそこまで連れていったのは、黒ずくめの服の人物で、そのときはっきり名を名のっていた。

「タキ氏《ミスタ・タキ》」

と、子供は復唱した。だから五十年後まで、その名を忘れることはなかったのだ。

――

それからそれへと、今、ミノ夫人は思い出している。七歳の時、父親の仕事の都合でほんのひと月足らず日本へ帰り、そこで「神隠し」にあい――それから十年後、欧州で同じ一族の遠縁に当たる青年と出会い、結婚、そしてあの戦争。その時には父親は亡くなっていたが、若い夫婦はうまく財産を逃がして、五年あまり日本に戻った。病弱だった夫は内地にとどまることができ、夫人はそのあいだに五回、五月の日本とめぐりあった。ただ、それは夫人の知っている五月の日本とは全く別のものだった。花は見捨てられたように一度も咲かなかったし、初夏のけはいなどどこにもなくて、陰鬱な冬と耐えがたい夏があるばかりだったように思われた。

だから、本当の五月の日本というものにめぐりあったのは、七歳のあの時以来、今が五十年ぶりなのだと夫人は思った。

……あの「神隠し」の意味がほんとうに理解できはじめたのは、七歳から、十七で結婚するまでの十年間のいつごろのことだったのか、夫人自身にもそれと指摘することはできない。いつからともなく、自然にゆっくりとジグソーパズルの断片が集まっていったのであり、とにかく結婚した頃にはその断片の組みあわせは完了していたはずだった。

神隠しの夜、夫人は生まれて初めて日本のきものというものを着せられていた。父親は、仕事の都合でホテル住まいをしていて、子供だけが地方市の親戚に預けられていたのだった。

母親は早くに亡くなり、忙しい父親は子供を雇い人まかせにしていたので、その頃、子供は日本語がほとんどわからなかった。親戚に預けられているあいだ、子供は周囲の人びととの意志の疎通さえおぼつかないありさまで、不本意な日々を送っていたが、そのきものだけは唯一の嬉しい出来ごとだった。

子供むきの、華美な色彩の振り袖ではない。誰か大人のものを縫い直したらしい、地味な黄色い小紋の、短い袖のきものだった。それがかえって、七つの子供には奇妙な効果をあげてよく似合い、子供自身も満足していた。そのきものを着たまま、どういうつもりでふらふら表にさまよいだして、タキ氏に出会うことになったのか――、そのあたりの記憶は明瞭ではない。ともあれ、タキ氏は子供にとって数週間ぶりでことばの通じた相手だったので、手を引かれて夜の道を歩いていくあいだ、子供の心には何の不安もなかった。

そして夜の公園で、白いきものを着けて待っていたあの女のひと、夜のあいだいっしょに遊んでくれた女のひとは、死んだ母親だったのだ。

あとになって、成長するにつれて、そのことは自然にわかっていった。母親の写真は父親が一枚残らず燃やしていたし、その父親が死んだあとでは、それと確かめる方法も身近にはなかったのだったが。

黄色い小紋のきものは、生前の母親のきものだったということも、その後わかった。

ミノ夫人は、思い出している。

「記憶を残しておいてください」

と、最後に白いきものの女のひとがタキ氏に頼んでいたこと。タキ氏が、少し考えてからそれを承知したこと。

「あなた、五月の日本へ、今度は何をしにいらしたの」

ミノ夫人は、気が遠くなったまま、うわ言のようにつぶやいている。

「五十年まえ、あなたが説明してくださったあのビジネスというものを、今夜もなさりにいらしてるの？」――


「大丈夫ですか」

誰もいない座敷で、貧血を起こして坐りこんでいる夫人を見つけて、勲が言った。

その同じ頃、文生はこれからホテルへ引きあげていく客たちに頼まれて、子供たちを母屋のあちこちから呼び集めようとしていた。

「子供にとっては、お通夜であろうが、親戚の子たちと一度に会えるものだからお祭りみたいなものなんでしょうね」

叔母たちのひとりがそう言った。

「静かに坐っているようにいくら言いつけても、ちょっと目を離すと群になって駆けだしてしまうんだから」

「誰がホテル組の子で、誰がここに泊まっていく組の子か、ちょっとわかりませんね」

「とにかく、うろうろしている子たちは全部。お願いしますわ」

こういう場合、家が広すぎるというのも不便なものだ、と文生は考えていた。廊下でも、母屋の反対側でも子供たちのかん高い声がしていて、ことによると離れまで捜しに行かねばならないかもしれなかった。

同じく自分の子供を捜しに歩いている者が何人もいて、一方、奥座敷のあたりでは、あらゆる集会の切りあげ時には必ず開かれる、あの急に高くなった声の挨拶のざわめきが続いている。

「お帰りだからね、お母さんたちのところへ行きなさい」

と、とんでもない方角の座敷に入りこんでいた五、六人の子供に文生は言いつけて、転んで泣いている幼児をひとり抱きあげた。横手の、障子をあけはなした敷居から、すっと黄色いきものの女の子が現われた。

「奥に戻って。時間だから」

「何《パルドン》ですか？」

「カム・バックね。ユア・ペアレンツ！」

向こうを覗くと、ふたつ奥手の座敷のすみで、姫鏡台を覗きながら同じきものの双子の片われが身づくろいしていた。

「早く戻ってよ。迷子になるよ」

ぐずぐず泣いている重い男の子を抱いたまま、文生は声を高くして呼びかけた。

「――ダークスーツの人ですか？」

と、その同じ時勲はミノ夫人の前で言っていた。

「でも今日は、みんなダークスーツばかりですからね。見馴れない顔がひとつくらい混じっていたって、たとえばぼくにしたって、今夜集まっている親戚の顔を、全部が全部知っているわけじゃないし」

勲は、ふと眉をひそめた。

「本当だったら、泥棒かもしれません。葬式の、香奠《こうでん》泥棒と同じ手口ですよ」

「そうじゃないのよ。ただ——」

ミノ夫人は口ごもった。タキ氏のことを、何と説明すればいいものか見当もつかなかった。振り子時計が、九時半を鳴らした。

文生の妹の聡子も、まだ見つからない子供を捜して歩きまわっていた。今夜は、あのエキゾチックな洋館の二階に泊まることになっていて、朝から嬉しくてならなかったのだったが、その代わりのようにこんな雑用を言いつかるのは、楽しくはなかった。

「こっちの母屋はきらいだな」

と、聡子はひとりでつぶやいた。

「純和風っていうのは、夜なんか気味が悪いもの。おまけに雨だし。あたしだったら、こんなうちに住むのはいやだな、絶対に」

途中で、黄色いきものの、聡子より少し年下の女の子とすれ違った。招集がかかっていることを伝えようとしたが、やめた。その子は奥座敷への正しい方向へ歩いているのだったし、すれ違いながらこちらに目もくれないのが、癇にさわった。

こっちはお通夜らしく地味なワンピースなのに、相手は晴れ着のきもので澄ましているのも、しゃくだった。

「あの子のことかしら、英語しか喋らない双子っていうのは」

中学一年の聡子には、荷が勝つ相手のようだった。

行く手の先のほうに、もうひとりの黄色い女の子の後ろ姿が見通せた。こちらは、姫鏡台の前に坐って、髪のぐあいを直しているようだった。

聡子は立ちどまった。

どうしよう。困るな。

迷っているうちに、横手から兄の文生が出てくるのが見えた。男の子を腕にかかえて、鏡の前の女の子に近づいていく様子だった。

聡子はほっとした。これで責任をまぬがれたと思った。そのままきびすを返すと、聡子は奥座敷へと引きかえしはじめた。廊下のずっと前方に、さっきすれ違った黄色いきものの後ろ姿が、もう小さくなって見えていた。

「あたし、おうちを見てみたかったの」

姫鏡台の前で、その女の子は言ったのだった。

「なんだ、日本語うまいんじゃない」

文生は、拍子ぬけして言った。

「とにかく、みんなのところへお戻りね」

「あたしまだ戻らないもの。十二時までは戻らないもの」

と、女の子は言った。

文生の腕の中で、金髪の幼児が全身を突っぱるようにして泣きだした。

「ママ」


「雨が上がったようですね」

庭で、酔いの回りはじめたような誰かの大声が言っている。ばたばたと、いくつかの車のドアが開閉していた。

「ママ」

泣きじゃくりながら、金髪の男の子は文生の腕から出て母親の胸に顔をこすりつけていった。周囲ではばらばらに会話がつづいている。

「まあ、もう十時近いのね……」

「申し訳のないことですけれど、わたくしどもは明日は飛行機の時間がありますから、お骨をひろいには——」

「御苦労様でございました」

「おまえ、どこに隠れてたんだ」

と、勲が入ってくるのを見つけて、文生は言った。腕のお荷物がなくなって、ふと安心してからあの双子のことを思い出して目で捜すと、ふたりともちゃんと両親の脇にいた。

そのふたりの脇を勲が通りすぎようとした時、双子のひとりがそれを呼びとめた。文生は、その子が英語で、手洗いの場所を尋ねているのを聞いた。

「おい、その子たち、日本語うまいよ。英語で答えることないよ」

文生が大声で言うと、

「ほんとう?」

勲はけげんな顔をして、それから双子たちの前にしゃがみこみ、熱心な小声で喋りはじめた。Ｏｈ、と話の途中で黄色いきものの女の子たちは呆れたような発声をし、あとは身振り手振りで、すごいような早口の、クイーンズ・イングリッシュが暴発した。

　雨は完全に上がっていた。古風な置き時計が、十時ちょうどを指していた。——ミノ夫人は、洋館の二階の窓から、タキ氏が庭を横ぎって裏門へと歩いていくのを見おろしていた。夜目にも鮮やかな、黄色いきものを着た女の子がひとり、いっしょだった。

　室内電話がひりひりと鳴った。手を伸ばせば届く位置にあったので、ミノ夫人は日本庭園の光景を見おろしたまま受話器を取ることができた。

「よかった、そこにいらしたんですね」

　母屋からの、勲の電話だった。

「妙な話なんですけれど——例の、黄色いきものの双子のことを、気になさっていたでしょう。そのことで、今」

「そちらに、その女の子たちはいますか？」

「今、この目の前にいます。声が聞こえるでしょう」

「ふたりとも？」

勲は、そうだと言った。

「ではすぐにいらして下さいな。お願い。裏門にね」

夫人は、電話を切った。タキ氏と子供の姿は、黒く濡れひかる植えこみをぬけて、視野の外に出ようとしていた。

いつのまにか、雲が割れて、月がのぞいていた。

階段を降りながら、夫人は忙しく考えていた。——ビジネスのためにしか動かないはずのタキ氏が、あの女の子を今夜つれて歩いているのであれば、その子はビジネスの相手であるに違いなかった。この家につれてきたというのだから、その子はこの一族に関係のある子供であることは確かだ。それに、顔の相似という問題もある。

この一族には、一族の特徴的な顔のタイプというものがある。血のつながりの遠い勲と文生のふたりに、双子のように似た顔があらわれたりもするのだ。あの女の子がこの一族に属しているのだとすれば、その同じ顔が別の家族の娘たち、あの双子たちにあったとしても、不思議はなかった。

タキ氏がつれてきた子——その子はすでに亡くなった、この一族のひとりなのだ。

何の目的なのかはわからないが、今夜その子はこの家に入ることを望んだのだ。衣服さえうまく都合をつければ、その子が人目にふれたところで、同じ顔の双子たちのひとりとして見すごされるはずだった。

「あの人は何でもできないことはないのだから、黄色いきものの都合をつけるくらい、なんでもなかったんだわ」

ミノ夫人は、裏門の手前で走ってくる勲と出会った。

「怪談みたいだな。双子が、三人にふえたっていうんですか?」

「間にあわなかったかもしれないわ」

夫人は、裏門の外で待っていたらしい車が動きだす音を聞いた。それは走りだし、遠ざかって、そして突然、とんでもない音がした。

「スリップしたんだ」

一歩はやく裏門を飛びだした勲の声が、そう叫んだ。

――黒いリムジンは、坂道の途中のあたりで、鼻先を電柱にえぐられた恰好で止まっていた。エンジンが、停止した。

月あかりの下で、黒光りする濡れた路面が、夜の底につづいていた。ミノ夫人がそれを目にした時、後部ドアが開いて、ダークスーツを着た姿が現われた。その横顔を、夫人は月あかりの下にはっきりと見た。……ビジネスが進行中であることを示す事務的な無表情な顔に、目のあたりにだけ、ちょっと呆れたような色がある。そして胸ポケットから白いハンカチを引きぬくと、そのままの表情で、汚れてもいない両手をぬぐった。

「——いさおさん」

ミノ夫人が言った。

「ご自分の車をお持ち？」

「国産の小型車ですけれど」

機械的に、勲は答えていた。

そして、白手袋の運転手が外に出てきて頭をかかえているそのリムジンのほうへと、ミノ夫人は歩き去った。それを、勲は見送った。何のことだか少しもわからず、あっけにとられたままだった。

……結局、最後まで、勲にはことの意味はわからずじまいだった。誰も教えてくれなかったし、こちらから訊ける雰囲気でもなかったのだ。勲は、ミノ夫人の頼み、というより命令に従って、黙って運転手の役目をつとめるしかなかった。——夜の十時すぎに、車庫から自分の車を出してきて裏道の事故車のわきで奇妙な三人組をひろって乗せ、そして送り届けさせられた先は市内の城跡にある公園だった。その入口で三人のうちの二人を降ろすと、あとは十二時までそこで待たされることになった。

車をおりて、手をつなぎあって公園に入っていったのはミノ夫人と——そして、黄色いきもののおかっぱの女の子だった。母屋から勲が離れのミノ夫人に電話した時、双子の女の子たちはふたりとも確かにそこにいたのだから、まるで三人目の双子としか見えないこの女の子はいったい何者だというのか、頭が混乱するばかりだった。

一方、ミノ夫人のほうには、すべてすっかりわかっていた。事故を起こしたリムジンのわきで、勲が車を回してくるのを待つあいだ、タキ氏から説明を聞いていたのだ。

……タキ氏は、まだひと言も口をきかないうちから、五十年ぶりで会うミノ夫人が誰なのかを知っていたようだった。

「滑稽な事態になったものです。私の手がけたケースで、ビジネスの最中にこんな事故を起こしたのは初めてのことです」

タキ氏は言った。日本人の日本語だった。ミノ夫人は、不思議にも思わなかった。

「今度のビジネスのお相手は、このお嬢さんですのね」

夫人は、リムジンの後部座席を見ながら言った。女の子は、白い菊を一本持って、シートに深く埋もれるようにじっとしていた。

「でもあなた、この子をあの家につれてきたのは、あそこの誰かに会わせるためではなかったようですね。私の時には、母は私に会うために来たのだったのに」

「彼ら――ビジネスの客の希望は、誰かに会うことばかりとは限りません」

タキ氏は答えた。

「たとえば、明治のころに生きていた人が、今こちらへ来てみたとしても、会いたい相手などひとりも生き残ってはいないということになります」

「では、この子は」

ミノ夫人は、はっとした。

離れの洋館の礎石に、明治三十五年、ときざまれていたことが急に思い出された。この女の子は、その木造洋館が建ったばかりのころ、一族の中に生きていて若死にした子なのかもしれなかった。

「では、何のために？　この子はここへ、何を求めてきたというのですか？」

「これを求めて」

タキ氏は、夜の全体をさし示すような大きな身振りをした。

ミノ夫人にとっての、五十年ぶりの「五月の日本」――リムジンの中の女の子にとっては、さらに長い年月を置いて見るものだろう「五月の日本」が、そこにあった。

雨あがりのうるんだ夜気、通夜の家、青畳と線香の香、黒松の新芽、青い杜若の花。――そうして、夫人は女の子の気持ちを理解した。もし夫人自身がそのうちに死んで、それから何十年も何百年もがたって地上に誰ひとり自分を知る者がいなくなったとしても、その時にもこの「五月の日本」だけを眺めに戻ってきたいという気持ちは消えてはいないだろう、と思われたのだった。

「ビジネスは十二時まででしたね」

ミノ夫人は、やがてそう言った。

「あと二時間、この子には何を見せておやりになるの」

そして、

「予定がないのでしたら、私、この子と遊んであげたいと思いますわ——丘の、公園で」

女の子は、リムジンのシートで、おかっぱの前髪の下で目をあげた。

公園の、本丸跡の石垣が常夜灯にぼんやり照らされているのが見える散歩道を、十二時十分すぎに、ミノ夫人はたったひとりで砂利を踏みながら戻ってきた。車の中で待っていた勲は、女の子がいないので驚いた。

「あの子、どうしたんですか」

「帰りましたよ、あの子なら」

「帰るって、ひとりで？」

「もと来たところへ、帰ったんですよ」

夫人は、ほほえんだ。

黄色いきものの女の子は、隠れ鬼の遊びの途中で、帰っていってしまったのだった。石垣の上にひろがる並木と散歩道の公園の、どこを呼んで歩いても女の子はもういなかった。杜若の青をびっしり並べた池から、水の香だけが漂いながれていた。五十年前、子供の頃にこの公園で死んだ母に遊んでもらい、そして五十年後に同じ場所で、死んだ子供と遊んでやったわけだった。一生のうちに、一人の人間が二度このような体験を持つことは、またとないことだろうと思われた。

タキ氏は、このとき門の脇の電話ボックスに入っていた。夫人が戻ってきているのを見ると、電話を切りあげて出てきた。

急ぐ様子もなく近づいてくるタキ氏に向きあって、ミノ夫人は奇妙な幸福感と同時に少しの寂しさを感じていた。お祭りが終わった時の子供が、感じるような寂しさ——今日という一日はこれでおわりで、タキ氏はもう行ってしまうのだ。

「二度、お目にかかることになったわけですね」

と、最後に、ミノ夫人はおだやかな感慨をこめて言った。

「二度。珍しいケースです」

タキ氏は、かすかに頭を下げる身振りをした。

「そして、三度目に、いつかお目にかかることもあると思いますわ」

「それは?」

「私が、あなたのビジネスのお客になる時に」

夫人は、できるだけさらりと言った。タキ氏は、目で微笑していたようだった。

「これからどちらへいらっしゃるの。都合のいいところまでお送りましょう」

夫人は言ったが、しかしタキ氏は、歩いていくからと断わった。——「では、あなたとビジネスをさせていただく時まで。その日がなるべく先のことであるよう望んでいますが」

そうして、タキ氏は行ってしまった。夫人と勲は、並んでそれを見送っていた。——ダークスーツの後ろ姿は、砂利を敷きつめた遊歩道を横切って、城跡の石垣のほうへと進んでいった。

やがて、その頂上へと続く長い石段を上りはじめるのが見えた。

「——変わった人ですね」

しばらくして、勲が言った。並木の濡れた枝々が、ふたりの頭上でざわめいていた。

「ビジネス——なにか、裏側の世界との仲介業でもやっているみたいな」

「そうね」

夫人は答えた。すると、

「あの人、御主人の知りあいだったんですね」

「え」

「さっき聞いたんです、待っているあいだに」

急に振り向いた夫人と向きあって、勲は言った。

「よくお目にかかっているんだとか。あ、現在形で言うのは変だな、もう亡くなっているのに」

「いいえ」

「——いやだな、ぼく何かおかしなことを言ったんですか？　思い出し笑いですか？」

「なんでもないのよ。ごめんなさい」

……それでも、ミノ夫人は笑いつづけていた。いかにも楽しげな、子供のような笑いだった。

タキ氏があちらで、死んだ夫とすでに接触を始めているのだとすれば――

空に向かって、夫人は深呼吸した。

「あの人は、ビジネスにとても熱心な人なのよ。――そうして全世界はね、親しい人たちばかりで輪になっているようなものなんだわ」

「何ですか」

「とても、幸福だということ」

「また雨になりそうですよ」

勲が言った。また曇ってきて、月はいつ隠れたのか、遠い石垣のあたりの人影はもう見えなかった。

「帰りましょうか」

と、夫人は言った。

勲はまだ何か訊きたそうな様子をしていたが、車の向きを変えるあいだも、自分からは何も言いださなかった。ミノ夫人は、この勲にならば話してもいいとふと思ったが――、いつかタキ氏のビジネスの相手になる時、会いに来て、その時に話すことにしようか、と思った。その時も五月の、初夏のころであればいいと思ったのだった。

——雨の一滴が、湿った夜気の中をこぼれ落ちて、フロントガラスの上につぶれた。明日もまた雨の、さみだれの葬式になりそうだった。

第四話　夏への一日

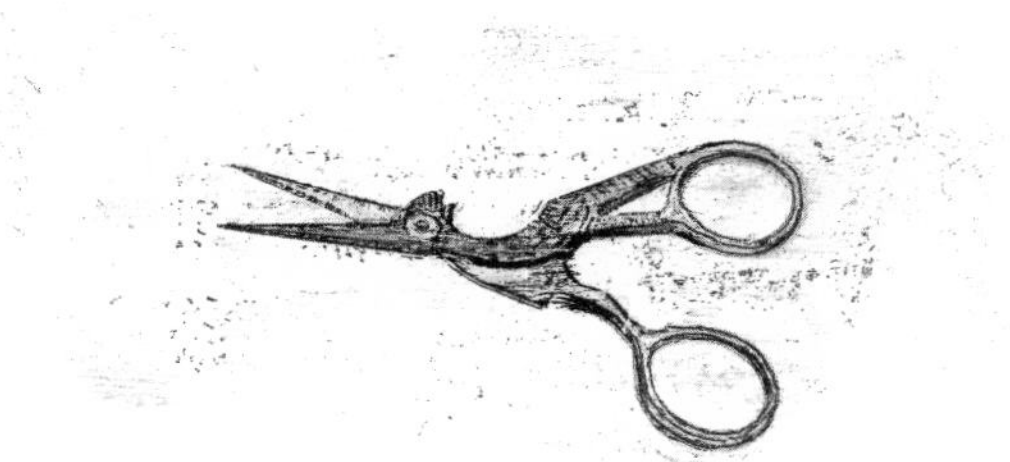

六月も最後の週の金曜日、午前八時、快晴。

すでにかなり気温が上がっている様子の、外の景色を時おり横目で眺めながら、娘がひとり、ホテルの一室で荷物をまとめている。

空調のきいた部屋の空気には、かすかな殺菌剤のにおいと、シーツの糊《のり》のにおいが混じっている。人が寝たあとのあるベッドがひとつ、化粧台、書きもの机、造りつけのたんす類。隣にもうひと部屋、応接用の部屋が続いているらしい。――窓ぎわのテーブルには、ルームサービスを頼んだらしい朝食のトレイが載っている。パン皿には丸めたナプキンが載せてあり、コップの底に、オレンジジュースが少し残っているだけだ。コップの表面の水滴はすっかりかたちを崩して、底のまわりに水たまりができている。

それらの全体に、薄茶のレースのカーテン越しの、六月の朝の光線があふれている。

バスルームに消えていた娘が、丸めたストッキングを持って出てきた。伝線の走ったそれを化粧台の下の屑篭に捨てると、ベッドの上に口を開いたスーツケースの中をかきまわし始める。じきに新しいストッキングを見つけだし、包みを破って、ベッドに片足ずつ載せながら穿きはじめる。靴はまだ履いていなくて、裸足のままだ。……ほとんど聞きとれないほど音量を絞ったラジオの音楽が、ＢＧＭのように流れている。

ストッキングの包装紙を片手に、娘は周囲を見まわす。ナイトスタンドの脇に金色の腕時計を見つけて、左手首に巻く。ベッドの足元に、ピンク色のヘアカーラーが一個落ちている。拾いあげて、無造作にスーツケースに投げこむと、もう一度化粧台の屑篭へと歩いていく。まだ靴を履く気はないらしく、ストッキングだけの足はカーペットを踏んで歩いても足音をたてない。

包装紙を屑篭のせまい口に押しこもうとすると、透明な紙はばりばり音をたてる。その音にびくっとしたように――娘は手を止めて、包装紙をそのまま屑篭に軽く載せる。

隣の部屋に消えていった娘は、すぐに戻ってくる。軽いサマージャケットを腕にかけ、一方の手に今朝の新聞を持っている。ベッドのスーツケースの脇にジャケットを投げだすと、新聞を小脇にかかえ直し、今度は通りがかりのついでのように洋服だんすを覗きこむ。下の段からネッカチーフを一枚すくいあげて、扉を閉め、スーツケースの前へと戻ってくる。

ケースの口からあふれそうになっている荷物の上に、ネッカチーフを押さえつけると、次に娘は、からだ全体でのしかかるように蓋を閉めようとしはじめる。脇にはみだした布を何度か中に押しこむと、蓋はようやく正しく閉じて、ぱちりと錠のかかる音がする。——と同時に、窓の外で、激しい水繁吹《みずしぶき》の音が起きる。

今、窓ぎわに立って、娘は三階下のホテルのプールを見おろしている。繁吹をあまりたてずに、水面を流れるように泳いでいるのは一人だけだ。プール開きしてまもない今朝では、気温は高くても水はまだ冷たいのだろう。水着の上にタオルのビーチコートをはおった残りの三人ほどは、水に入る様子はなく、プールサイドから水中の青年に喚声を投げかけている。

娘は、レースのカーテンに片手をかけているが、開こうとはしない。小脇にはまだ新聞をかかえたままだ。——平泳ぎで軽く流している青年が、ひとかきふたかきクロールを始めたかと思うと、すっとそのままからだを伸ばして、くるりと仰向《あおむ》きになった。——顔がこちらを向くより早く、反射的に娘は後退している。眉をよせ、かかとで軽く床を打つと、きびすを返してベッドの脇へと戻ってくる。

スーツケースとジャケットを片手に持ち、新聞をその小脇にはさみ直すと、娘は腕時計とナイトテーブルの時計とを見くらべる。きりきりと時計のねじを巻き、胸に垂れた髪を肩ごしに投げて、出口へと歩きだす。そこの床に脱ぎすてられていた青紫のサンダルを、娘は履く——急に振りかえって、部屋の全体を見わたしはじめる。

下唇を咬み、きつい目つきで、思い入れのある様子でいつまでも眺めている。それから急に引きかえし、ベッドの脇を迂回して、ナイトテーブルのラジオのスイッチをひねって消す。

急に気配の絶えた室内で、娘がポケットから取り出したルームナンバー付きのキイの鎖の音だけが耳につく。娘は今度は一直線に出口の扉へと歩いていき、安全鎖をはずすと、そのまま出ていった。

窓を閉めきった部屋には、絨緞の埃のにおいがこもっている。かなり蒸し暑い……昼下がりの倦怠《けんたい》と静寂……アパートのほぼ全室が夏のバカンスで留守らしく、人の気配がない。——

暗い焦茶と緑とバラ色の絨緞には、壺に活けられた大量の白いアジサイの花弁が少し散っている。季節ももう終わりなので水揚げが悪いのか、花はぐったりして生気がない。……それら全体の背景として、天井に背が届きそうなシュロの鉢植えが、小暗いすみに濃緑のかげりを見せている。

壺の脇に、銀細工の写真立てがある。娘はそれを見おろしている。——天井の上を、急に人の足がみしみし動きはじめる。娘ははっとしたように頭上を見あげる。足音が一箇所に止まり、水道の水音が始まる。壁ぞいに、排水管の中を水流が落ちてくる音がそれにつづく。

と同時に、突然、玄関の鍵穴に外から鍵が差しこまれる音がする。

——三十秒後、管理人用のマスターキイの鍵束をじゃらつかせながら、たくましい腕をしたシャツとスラックスの老婆がその部屋に入ってくる。

ブリキのバケツを片手に下げている。……シュロの鉢に水をやると、引き返そうとして、ふとアジサイの壺に目を止める。生気をなくした花の枝の陰には、青紫のサンダルの娘と同じ顔をした娘の写真が飾られているのだが——老婆は花だけを眺めている、首をかしげ、値踏みする目つきをして、やがて枝の束をそっくりバケツに移して、出ていく。

足音が玄関を出ていくよりはやく、床まで垂れた厚いカーテンが動いて、陰から娘が出てくる。音のない立ち姿のまま、玄関の鍵が外からかけられる音に耳をすませている。ブリキのバケツが壁にぶつかる音とともに、足音は廊下を遠ざかり、階段を下っていく。

テーブルの、空になった壺を娘は不快げに眺めている。部屋を眺めて歩いていた時のような、現在の行動だけに没頭していたあの様子はもうない……娘は次の行動の計画をたてている——急に娘は部屋を出ていく。奥の部屋部屋の扉を次々に開閉する音が聞こえる。

やがて、こころもち肩を落として、娘が部屋に戻ってくる。焦燥の表情がわかる……そのまま書きもの机に近づき、ひきだしを乱暴にかきまわし始める。捜しものはすぐに見つかる、その革表紙の手帳のページをあわただしくめくりながら娘は部屋を出ていく。しばらくの静寂のあと、電話のダイヤルを回す単調な音が聞こえはじめる。

午後三時。振り子時計の歯車がひと刻み動き、自動的に鐘が鳴りはじめる。

同時刻。炎天下の、高度がかなりありそうな荒原。

溶岩地帯らしい、緑もなく起伏もない視界三百六十度にひらけたその白茶けた光景のまっただなかを、ひと筋の白く灼《や》けたハイウェイが貫通している。車一台、走ってはいない。黒い影絵にしか見えない鳥が一羽、上空をゆっくり旋回している。その影が、小さなしみのように地表を動いていき、時おりハイウェイの路上をかすめていく。

照りかえしが激しい。

ハイウェイ脇に、冗談のように電話ボックスが立っている。それと並んで、ダークスーツのタキ氏がいる。片手に書類入れを下げ、一方の手を腰に当てたまま動かない。長い不動ののち、ふと腕を上げて時計を見る。それが合図だったかのように、地平線上の空に光るものが現われる。視覚の確認からかなり遅れて、ヘリコプターのけたたましい音が大気を大げさに掻きまわしはじめる。

電話ボックスを中心とした半径五十メートルほどの地表が、波のように吹き乱されはじめる。ヘリから、赤みの強い皮膚をした骨格の大きい老人がひとり降りる。ヘリはそのまま上昇し、やがて尻を反転させてもと来た方角へと遠ざかりはじめる。タキ氏と老人は、握手をする。

会話がはじまる。

「こういうのは、私は好かんね。デリカシーに欠ける。地上に戻った感慨もくそもない、鼓膜がまだ変だ」

「スケジュールの都合がありましたので」

「時計あるかね」

「三時十五分です。あと八時間四十五分の持ち時間がおありになるわけです」

「そのことであんたに話があるんだがね。どこかの小娘が、丸四日間の滞在権をとったとか噂に聞いたんだが」

「は」

「どういうことかね、それは」

「それは特例ということで……」

「特例だろうが何だろうが、ひとつ認めてあとは認めない法はなかろうに。なんだってひとりの小娘に四日で私には半日足らずなんだ」

「権利の譲渡です。彼女はあちらで、十人近くの人々から持ち分の権利をゆずり受けたわけです」

「そんなことが可能だとは聞いていない。これは不当だ。不公平じゃないか。私だって半日足らずの持ち時間では心が残る、今からでも誰かその権利をゆずっていいという奴を見つけてもらえんかね」

「今からでは――」

「無理だとは言わせせんよ。現にその無理が通っている例があるんだ、私は権利を主張する。上層部の力？　ではその上層部とやらにすぐ連絡しなさい、私は客なんだからね。客の希望に対して便宜をはかるのがあんたのつとめだろう、こんな不公平な話があるものか」

　会話の途中からハイウェイの彼方に見えてきた黒いリムジンが、やがて砂埃をたてて二人の前で止まる。

同時刻。とある市内の一軒の家の中。中産階級の典型的な居間。電話口で、ひとりの青年が喋っている。

「あまりたちのよくない冗談だと思わない？　まあ、君と彼女の声がよく似ているのは認めるよ。喋りかたも似てるね。雰囲気出てるよ。その努力は認めるよ、確かに」

「だってね、半年前に死んだ――あ、その話、おもしろいな。そんなビジネスがあるってんなら、ぼくも遠い将来利用することにしよう。そうむきにならないでよ。この冗談、ぼくも乗りかけてるところなんだから」

「――よく彼女のこと知ってるんだね。ということは、きみ彼女の友だち？　きみの名前あててみようか。ええと」

青年は、考えながら数人の女名前を口にする。そろそろ激しくなりはじめた窓の西陽に目を細め、片手を伸ばしてブラインドの紐を引く。

「じゃどうしても彼女自身だって言うの。まあいいや、信じますよ。え、彼女のパパ？　知らないけど、今の時期ならもう夏のバカンスに出てるんじゃない？　行く先まで知らないよ。ところでちょっと、君に興味が湧いてきたな。今どこ？　君の顔を見た――」

青年は受話器を耳からはなし、軽く舌打ちする。通話の切れたことを示す音が持続している。誰からだったの、と別の部屋から母親らしい声がし、青年は部屋を出ていく。

「さあ、誰からだか。ところで、ねえ覚えてる、去年の暮れに心臓だか何だったかの病気で死んだ子がいたの。その彼女自身と、ぼくは今喋ってたんだけどなあ」

笑い声と、それをたしなめる母親の声が続く。

同時刻。アパートのせまい廊下で、置いた受話器に片手をかけたまま青紫のサンダルの娘が爪を咬んでいる。表情も視線も動かず、気持ちの整理と判断だけに没頭しきっていることがわかる。

そのまま長く動かない。

夕方。五時から七時半まで長々と続く六月の日没の、その一点に位置する時刻。

市街地、下町より。中の上といったレストラン。奥の個室。ただひとりテーブルに向かって、赤ら顔の老人が精力的に食事をしている。三時すぎのハイウェイ上で見られた興奮した様子は、今は嘘のように消えている。

壁一枚へだてた、人気のない廊下。壁電話の前に立って、タキ氏が喋っている。

「話が外に洩れないよう、徹底してあるはずではなかったんですか。お役所仕事ですね。ええ、知っているという客が現に一人いました」

「こちらはもう大丈夫です、忘れさせましたから。ですからどういうルートで洩れたのか、ほかに知っている者がどの程度――ええ、そういうことです。早いほうがいいでしょうね」

「この件は以上です。そうですか?」

タキ氏は電話を切る。

斜光があらゆるものの背後に長い影を投げかけている路上で、リムジンが停車する。思いきって小柄な老女がひとり降りたち、レストランの店名を確認するように見あげて、小刻みに階段を上りはじめる。あらかじめその到着時刻を知っていたようなタイミングで、タキ氏が姿を現わす。老女は、警戒体勢をとった小動物のように肩の線を緊張させる。タキ氏が自己紹介のことばを口にしながら握手の手を差しのべた時、ふたりの視線が初めて真正面から出あう。

手を握りあった数秒間、老女の顔に表情の空白が生じる。手が離れた時、老女の態度ははっきり変化している。すでに、目の前のタキ氏の存在は老女の意識の外に出ている。

「では、あの人はこの奥にいるというんですね？」

タキ氏は老女と並んで歩きはじめ、入口の扉をあけて相手を先に通す。

五分後。

レストランの裏手の駐車場。黒塗りのリムジンが止まって、運転手が首筋の汗をぬぐっている。角を曲がって、タキ氏が近づいてくる。退屈そうな顔をしていた運転手は、話し相手を喜んで迎える様子を示す。

話の相手になりながら、タキ氏の目は通りの向かいの電話ボックスを見ている。

二人は株式相場の話を続ける。

街灯が点々とともりはじめた街路を、青紫のサンダルの娘が歩いている。ショルダーバッグを肩にかけ、マーケットの紙袋を両腕にかかえている。

夕暮れ時の雑踏にあふれた車道を、娘は器用によぎっていく。歩道に飛びのった時、サンダルのかかとがかちりと固い音をたてる。風が出て、娘の髪とスカートの裾を軽くなぶっている。

娘は信号待ちをしている。その左右や背後に、同じく信号待ちをする人間たちの列が増えていく。信号はかなり長い。歩道すれすれをよぎっていく車の風を受けながら、娘は街の日没風景を漠然と眺めている。信号が変わる。

いっせいに停止した車のライトを真横から受けて、車道の両側からどっと人の群があふれだす。その両方からの先頭が車道の中央で混じりかけた時、娘の視線がある一点に止まる。激しく表情が動いて、娘はとっさに顔をそむける。その反対側から歩いてきた通行人のひとりが、娘とすれ違って数歩行きかけてから、ぎょっとしたように振り返る。娘はそのまま足早に歩きつづける。その背を凝視している青年は、口を開きかけて、後から歩いてくる人の波に視野をふさがれる。首をかしげて、歩きだしながらも、青年は何度も不審そうに背後をふりむいてみている。

角を曲がるなり、娘は小走りに駆けだす。そのままアパートの玄関へ駆けこみかけた時、目の前に人影が現われる。

「あっ」

と、相手が小さく叫ぶ。

口に片手を当てて、娘は相手と一瞬視線をあわせる。

「あんた――」

シャツとスラックスの、たくましい腕をした老婆があいまいな表情のまま言いはじめる。

「私、いとこなんです」

娘は反射的に言う。弁解口調で、急いで続ける。

「父、あの叔父の、留守中に部屋を使わせてもらう約束があるので。泊まっていいって、叔父が言ってくれたものですから。あの、バカンスなんでしょう、今?」

「聞いてませんでしたけどねえ」

「あの、私」

「いえ、あのかわいそうな子に、あんたみたいなそっくりのいとこがいたって話をね」

アパートの管理人は、嘆息して娘の全身を眺めまわす。娘は顔を伏せ、逃げ腰の様子になる。

「それじゃああんた、叔父さんにかわいがられてるんだろうね、きっと。娘さんが亡くなってから、部屋をそのままにして何ひとつ変えていない人なんだものね、あの人は。まったく、親子二人きりだったとはいえ、できるもんじゃあないわよねえ、そんなこと」

管理人は首を振り、立ちふさがるようにしたままなおも喋りつづける様子を見せる。

「ひと部屋そっくりなんだから。あたしなんか場所の無駄だと思うんだけどねえ、俗人の神経じゃあわからないってことかしらねえ。それにあそこじゃね、このあいだ――」

「あの、父のバカンスの行く先、御存じでしょうか」

「え？　あんたのお父さん？」

「いえ、叔父のことですけど」

娘はあわてて言い直す。

「叔父の、つまり叔父に至急連絡したいことがあるんですけれど、そのアドレスのメモをなくしてしまったので」

「ああ、そうなの」

老婆は、門灯のともった玄関に引きかえす。娘もついていき、やがて老婆が持ってきた紙片を受けとる。

「どうも」

「あ、ちょっとあんた」

「え？」

階段から、娘は振り返る。下に立つ老婆の全身は、正面の通りからの逆光を受けて、巨大な影のように見える。

「鍵は？」

「合い鍵を渡されてますから」

「ああ、そうだったの」

階段を上っていく娘の背に、追いかけるように老婆の大声が届く。

「あの子の部屋のことだけどね、あんた叔父さんにかわいがられてんなら、残っている道具なんかゆずってもらうようにしたらどう？　まったく、いくら死んだ娘を大事にしていたからって、いつまでもああじゃ、新しく来た奥さんだって口には出さなくってもたいへんだろうしね」

娘の足音が、踊り場で止まる。


午後七時三十分。天井の灯が故障している電話ボックスの中では、ダイヤルを回すのに番号の穴を手さぐりしなければならない暗さになっている。

呼び出し音だけが続く受話器を耳に当てたまま、タキ氏は電話ボックスの窓ごしに通りの向かいの駐車場を眺めている。レストランの裏側の灯を受けて、リムジンの運転手が伸びをしているのが見えている。表情の変化のないまま、タキ氏は受話器をフックに戻す。ドアをあけると同時に、街の騒音がタキ氏を包み、六月の都会の夜の空気がその肺に流れこむ。

……青紫のサンダルの娘が、灯をつけない廊下の壁に背を押しつけるように立って、たった今鳴りやんだ電話器を見つめている。鳴りやむ寸前の最後のベル音が、幻聴のように娘の耳に残っている。

短い廊下の突きあたりには、ひとつの扉があけ放されている。その先の部屋は表の通りに面しているらしく、電灯はともされていないが、窓から這いこむ街の灯りでぼんやり明るい。

その部屋は、居間として使われているらしい。住人がバカンスに出かけたあとであることを示して、小ざっぱり片付けられている。その右手にさらに奥の部屋へ続く戸口があり、この扉も半開きにあけ放されている。表の通りを車が通りすぎていく音がするたびに、そのライトの反映を受けて半びらきの扉の向こうに大きく影が走っていく。

……その奥の部屋は、窓がひとつしかなく、かなり暗い。薄闇の奥手に、シーツのほの白さを浮かびあがらせて、ツインのベッドが見える。横手の壁の一面は、壁の寸法にあわせて注文したものらしい衣装戸棚で埋められている。その扉の一枚が大きくあけ放されているらしいが、暗さのためによくは見えない。

廊下で足音が動き、娘が自分の部屋へ入っていったらしい扉の音がする——電灯のスウィッチを入れる音がそれに続く。と同時に、表の通りを続けざまに数台の車が通過していき、そのヘッドライトの反映が居間から寝室へと大きく流れこんでくる。あけ放されたたんすの扉が、ほの明かりに捕えられる。替え上着の暗い色と並んで、豪華な花もようのドレスが光線の中に浮かびあがる。絹ものらしく、布地の表面がてらりと光る。――

管理人室で、たくましい腕をした老婆がたった一皿の夕食をとっている。電灯の笠の下、油を含んだ湯気がたちこめている。

「電気がついた。あれは彼女の部屋だったんだろう」

と、その時、通りをはさんだアパートの向かい側の歩道に立っている、二人の青年のうちのひとりが言う。もうひとりは気のない様子で、退屈顔をしている。

「それで?」

「三十分前、そこの交差点で彼女とすれ違ったんだ。それは確かに、目の迷いか、似た顔を偶然見ただけかもしれないよ。でもこうして今、彼女の部屋に灯がついたのを見てしまうと、どうもね」

「それで?」

「交差点ですれ違った、あの後ろ姿が、あとになればなるほど気になってくるんだ。何故あの時、追いかけなかったのかなあ……雰囲気とか、そういったものの全体がね、どう思い出してみても彼女だったような気がしてならない。自分でも、ばかなことを考えるもんだと思うんだけどね。思いはするんだけど」

「それで？」

「要するに、ここまで来た以上、これからあの灯のついている部屋をたずねていけばいいんだろうけれど——どうもばかげてるな。ばかげてるよなあ、これ」

「それで——あ」

「あ」

灯のともった三階の窓を、娘の上半身が影絵になって一瞬よぎっていく。

同時刻。

「あ」

と、リムジンの後部シートで、だしぬけにタキ氏が言う。膝に書類ケースを載せ、その上に書類の束がひろげられている。片手に日本製の電卓を持ったたまま、そう言って顔を上げたタキ氏を、前のシートから運転手が呑気そうに振り返って見ている。

同時刻。

レストランの奥の個室で、赤ら顔の老人が思いきって小柄な老妻と向きあってひとりで喋りたてている。財産分与、親戚への対応、不動産の処理、取り引き銀行の選び方等々の話題がひとわたり尽きたところらしい。思いきって小柄な老女は、緊張しきった様子で耳を傾けているが、ひと言も理解できないのに気弱さからあいづちをうっていることがはっきり見てとれる。老人は急に口を閉ざし、その老妻の顔を真正面から凝視する。

「要点は以上だ」

老人が急に言いはじめる。

「復唱するんだ。まずあの土地の処分は誰に委託する？」

「まあ」

老女が言う。

「貸し金庫の鍵を私はどこに隠した？　息子夫婦に出す条件は？」

「まあ。まあ」

老人は席を立ち、部屋を出ていく。老女が、まあと言う。

一分後。電話ボックスに入ろうとしていたタキ氏をつかまえて、老人は大声で何か交渉しはじめている。駐車場で、リムジンの屋根に片肘をのせた運転手が、通りの向かいのその光景をおもしろそうに見物している。


管理人室の前の廊下を、ふたつの足音が通過していく。スパゲティの皿から顔を上げた老婆が、そちらへ振り向こうとした時、電話が鳴る。少しためらってから、老婆は太い腕を伸ばして受話器を取る。

陽気な口調の男の声が、部屋のラジオの音楽に混じりはじめる。

「そうですか。そりゃお楽しみですね」

老婆が受け答えしている。

「アイロン？　かけっ放しなんて、そんなことはありゃしませんでしたよ。ええ、今日もお部屋の鉢植えの世話に入りましたけどね、かけっ放しのアイロンなんて見ませんでしたよ。そうですか、女ってものは家を出てからいろいろ気になりだすもんですからねえ、奥さんには安心するようにお伝えを——ああ、それから今日、姪御さんがお見えですよ。はい?」

老婆は、口に残ったスパゲティを咀嚼する。

「ほら、あの亡くなったお嬢さん生きうつしの姪御さんですよ。え? ええ、いまお部屋に。この電話、回しましょうか? ああ、いいですとも」

同時刻。青紫のサンダルの娘は、化粧台の椅子にすわって手の中の紙片を見つめている。そこからは遠い、海岸の観光都市のアドレスと、電話番号が記されている。化粧台には、ショルダーバッグが口をあけたまま置かれてあり、かなりの枚数の紙幣がその脇に乱雑にばらまかれている。青紫のサンダルのそばの床には、時刻表がある。

外の廊下の端に、二組の足音が現われる。と同時に、電話が鳴りはじめる。かなり迷ってから、娘は受話器を取る。耳に当ててから、不安な表情が消える。

「ああ、おばさんですか。え?」

驚愕の表情が、その顔に走る。回線の切りかわりを示す、音の空白が受話器の口に生じる。

玄関の扉が、ノックされる。短い廊下の真正面のその扉を、娘は恐怖の姿勢で見つめる。回線がつながる。娘が自分の胸に押しつけた受話器から、男の、不審の混じった丁重さの声が洩れはじめる。

ノックの音に、娘の名を呼ぶ声が混じっている。その扉を凝視したまま、娘はゆっくりと、声の洩れている受話器を耳まで上げる。

「パパ」

娘は機械的に言う。

「――再婚したのね」

発作的に電話を切って、娘は自分の部屋へと逃げだす。ノックの音はやんでいるが、外の廊下ではあわただしい話し声が続いている。灯を消し、化粧台の上の紙幣をつかむようにバッグにつめこんで、スーツケースとサマージャケットを取りあげる。行きかけてから床の時刻表に気づき、小脇にはさみながら走りだす。ショルダーバッグの紐が、何度も肩からずり落ちる。

非常階段の急な傾斜を高いかかとで危なっかしく駆け降りていくあいだ、通りを走っていく車のライトの光芒が何度もその姿を光線の中にとらえる。二階まで来た時、脇にはさんだ時刻表がすべり落ち、音をたてて鉄の階段のすきまを落下していく。表側の、玄関の方角に、足音と人声が現われる。歩道に出てくる足音と共に、その声が娘の耳に届く。

「三階の、ほら、あの窓。灯が消えてる」

「泥棒じゃないかな」

「管理人に言ってみよう。ほんとに、泥棒かもしれない」

非常階段の下にしゃがみこんで、娘はそれを聞いている。ヘッドライトの列が、絶えまなくその前方を通過していく。

同時刻。午後八時五分。

下町よりの、レストランの奥の個室で、思いきって小柄な老女がひとりきりで食事をしている。手つかずの料理の皿はどれも冷えかけているが、片端からたいらげていく老女の手つきは落ちつきはらって、余念がない。

ひとりになって、たいへんリラックスしている様子がわかる。

同じ夜の、ある時刻。地球上の、遠くはなれたある一点と一点とが、複数の電話線の組みあわせによってこの時奇蹟的に連結されている。

一方の電話口で喋っているのは、ダークスーツの日本人で、タキ氏ではない。個人名は違っているが、ただその表情や雰囲気はタキ氏に似ている。

「その話、こちらの方面では洩れている様子はありませんが。ええ、特例のことを局外者に洩らすようなことはしていません。何ですか？」

電話線のもう一方の端で喋っている声は、先にタキ氏と通話していた声によく似ている。同じ職務の別人かもしれないが、喋り方や雰囲気はほとんど同一と言える。

タキ氏に似たダークスーツの日本人が、再び喋りはじめる。

「ちょっと待って下さい、それは明日のことですか？　今日の明日と言われても――そうです、今日も一件受け持っていて、現在そのビジネスが進行中ですが」

「準備期間はあいだに最低三日とるのが通例――それはどうしても明日ですか？　動かすことは不可能なのですか？」

「――特例の件の話が洩れているとは初耳ですが、最近どうもギブの部門が受注過剰だという話はよく聞きますね。何か理由があってのことですか？」

「その、明日の件は仕方ありませんが――いえ、単純なケースというものはありませんよ。どんなケースであろうと、それぞれに複雑なものですよ。そちらはそういうことで」

ダークスーツの日本人は電話を切る。少し考える様子をしてから、歩きだす。その行く手の部屋では、彼の受け持ちの「客」が、遺族のひとりと話しこんでいる。

……とある街角のアパート……部屋部屋の窓にも廊下にも灯が煌々《こうこう》とともって、人声でざわめいている様子がある。バカンスに出かけずに残っている少数の人間たちまで集まって、管理人室に来ている。……電話片手に身振り手振りで説明する老婆……三階の、マスターキイで鍵をあけられた扉……青年ふたりは興奮した様子で、その部屋と管理人室とを行き来している。

同時刻、とある街角のレストラン……奥の個室で、タキ氏が赤ら顔の老人の口述することを筆記させられている。株、投資、利殖、分配、等々……小柄な老女はつつましい胃袋が満足しきったのか、椅子にかけたままぼんやりしている。居眠りしそうになるのを、我慢しているようにも見える。……

たくましい腕をした老婆、ふたりの青年、そして電話線の彼方の海辺の観光都市にいる男、その四人が、電話のあちらとこちらで喋っている。

「じゃあいったい、あれは誰だったんだろう、あの部屋の窓に影絵になって見えたのは」

「泥棒か、それとも」

「いとこだって自分で言ったんですからね、亡くなったあのかわいそうな子にあれだけ生きうつしなんだから、あたしでなくったって信じますすよ、そりゃあ」

「もしもし、とにかく私は明日の朝いちばんでそちらへ帰ります。その娘が——それが誰であろうが——見つけることができたら引きとめておいて下さい、私はこの目で確かめたい」

「でも部屋にはもういなかったし——」

「どこへ逃げたんだろう、今どこにいるんだろう」

　誰も知らない。

　六月の都会の深夜、海鳴りに似た街の騒音に包まれて人々の顔は暑気に赤らんでいる。ブラインドを降ろした部屋部屋、動きのない闇の底には、今年はじめての寝苦しい夜となったこの金曜日の最後の時刻、湿ったシーツの上で寝返りをうつ人々の気配がある。

地平線にむかって、姿の見えない犬が遠吠えする。——秒針の正確な音とともに、時計の針は深夜零時に近づいていきつつある。零時、ダークスーツの日本人たちのビジネスが終了する時刻……タキ氏は時計を見ている、そして同時に、この日ビジネスを受け持っている無数のダークスーツの日本人たちも、左腕の袖をめくって腕時計の針の動きを見つめている。


六月。

土曜日、午前四時三十分。

今日も晴天になりそうな、夜明け前。

……夜の続きの無人状態にある早朝の市街で、角ごとの信号機はまだ動きださず、表情をなくしたままでいる。どこかずっと遠くの通りを、長距離トラックの轟音が通過していく。——通りすぎて聞こえなくなると、あとにはしらじらとした静寂だけが残る。その中を、軽い靴音をたてて、タキ氏が歩いている。

この同じ時刻、ここからは遠いある街の一軒の家の中では、ひとりの思いきって小柄な老女が平和な寝顔を見せてまだ熟睡している。目ざめるまでには、あと数時間あるが——昨夜の出来事を、彼女はすでに何も覚えてはいない。彼女のハンドバッグの中には、財産管理の指示書が入っている。その指示書の筆跡は、半月前にとつぜん事故死した彼女の夫のものではない。何故そんなものがバッグの中にあるのか、彼女には何も覚えがないのだが——、しかし結局、彼女はその指示に従うだろう。半月間、周囲の人間たちに掻きまわされ混乱しつづけてきた彼女も、結局はその指示に従うことによって、安定と平和を得るだろう。

でも今は、彼女はまだ眠っている。——この時刻、赤ら顔のあの精力的な老人は、地上のどこにももういない。

書類入れを片手に下げて、坐りじわひとつないダークスーツの姿でタキ氏は歩いている。

四つ辻を渡ろうとしかけた時、唐突に、すべての信号機が生きかえる。犬も通らない夜明け前の交差点で、タキ氏は信号待ちをしている。わずかずつ、夜のよどみの底から光と色が生きかえってきて、家並みに陰翳の濃淡が生まれ始めている。

——信号が変わる。タキ氏は道を横断する。

——そのアパートの、管理人室の前の廊下には、軽いいびきが洩れだしている。

それには注意を向ける様子もなく、タキ氏は階段を上っていく。踊り場ごとの窓に、白っぽい弱い光線があふれ始めている。二階から三階へ、そしてタキ氏は、その扉の前に立つ。

軽い、ノックの音。

……早朝の光が斜めに射しこんで、暗い焦茶と緑とバラ色の混じったその絨緞の上には、窓枠のかたちの細長い影が生まれている。白い、細かい花弁が散っているのが見える。そしていっしょに、青紫のサンダルが、左右はなればなれに落ちている。――サンダルを脱いだ娘は、洋服のまま丸くなって、寝台の上にいる。

もう一度、ノックの音がする。最初のその音がした時から、娘は目をさまし、耳を澄ませている。……

―――

ストッキングだけの裸足で娘がドアをあけた時、タキ氏は朝の挨拶をしただけだった。娘は答えなかったが、ノックの主がタキ氏だと最初から気づいていたような様子で、その顔を見ても驚きを示すことはなかった。

「――で、さっそくですが、こちらでどの程度の第三者と接触を持ちましたか」

と、娘の部屋に入ってから、タキ氏はまずそう言った。

「怒らないんですか」

娘は言った。

「無断で逃げだして――勝手なことをしたんですよ、私は」

「あえて引き止めなかったこちらにも非はあるわけですから」

タキ氏は椅子に坐っていた。娘のほうは少し離れたあたりに立ったままで、視線を避けるように髪をいじって顔を隠していた。

窓の外で、姿は見えないが、ひさしの陰にでもとまっているらしい鳩が数羽、ふくみ声で鳴いている。

「でも電話で、私、喋ってしまったわ――父と――少しだったけれど」

娘は言いはじめた。

「管理人のおばさんとも出くわしてしまって、いとこだってごまかしたけれど、嘘はもうばれているでしょうね。それに、外の通りで同級生に見られてしまったのと」

「それだけですか」

「こちらからひとつ電話をかけたわ。昔の男友だち、いたずら電話だと思って信用しなかったけれど」

「では後始末はたいしたことはありませんね。その管理人という人には、あとで握手をしておきましょう。昨日はアパートでちょっとした泥棒騒ぎがあった、それだけのことでおさまりますよ」

「でも父は？」

娘は振りかえった。タキ氏と目があうと、顔をそむけて意味もなく歩きだした。窓の前まで行って、外を眺めるうちに、意を決したように娘はからだごと向き直った。表情が、変化していた。

「――本当を言うと、私、前から気づいていたんです。父が再婚を考えていたらしいことや、その相手のことも。ビジネスの打ちあわせの時、父に会う気はないなんて言ってしまったのは、だからそのためだったんです。私、昨日はとてもばかなことをやっていたわけですね」

タキ氏の位置から見ると、娘の上半身は窓を背に逆光の中にあったが、その顔がぎごちなく笑いを浮かべていることはわかった。

「なんだか疲れてしまった――これ、取りかえしがつくことでしょうか？　私のことではなくて、父にとって。この部屋――私の部屋を、半年も経つのにまだ片づけていないなんて、これはよくないことだわ。昨日私がしてしまったことで、ますます悪くなってしまうのではないかしら」

タキ氏は言った。

「まあそうかもしれませんね」

「え」

娘は、短い声を出した。タキ氏の反応が、予想と違っていたためのようだった。

「でも、私」

娘は、混乱したように言葉につまった。

「あなたが――あなたは、何でもできる人なんでしょう？　父に、昨日のことや、私のことをうまく忘れさせることなんてあなたには簡単なんでしょう？　私、知ってます。あなたがそういう人だっていうことを」

「まさか全知全能ではありませんよ」

タキ氏は簡単に言った。

「たとえばあなたの昨日の言動を、細大もらさず知っているわけではありませんしね。昨日は私も別のビジネスを受け持っていて、そちらのほうへも頭が行っていましたし。あなたの肉親があなたのことを忘れることを望んでいないのだったら、それに無理に介入して忘れさせるということは私はしません」

「じゃあ私、どうすればいいの」

娘は目を見はっていた。動揺が、はっきり顔に出ていた。

「取りかえしのつかないことなの？　私はつぐなわなければならないのに——父と、それにその相手の人にも」

「さしあたり」

と、タキ氏は言った。

「部屋を少し荒らしておけばいいでしょう」

「え？」

「泥棒ですよ。説得力を増すために」

「そんなこと」

「現実的な対策ですよ」

あたりまえのような顔で、タキ氏は続けた。

「昨日、この家の主人の姪と称する正体不明の娘が泥棒に入った。管理人は、去年亡くなったここの娘にその泥棒が少しばかり似ていると思った。その泥棒が部屋に入りこんで物色しているのを、通りから目撃した証人もいる。泥棒は電話に出て意味不明のことばを口走ったが、結局、犯人は見つからないまま事件は終わる。それだけです」

「でも、父は何と思うか――」

「後のことは彼らだけの問題ですよ。彼らがしっかりした人間であれば、この部屋もやがては新しく生まれる赤ん坊の子供部屋に改造されるかもしれない。あるいは、無用心なアパートだというので、引っ越していくかもしれません」

娘は、部屋の反対側の椅子に横向きに坐りこんだ。考えが混乱している様子だった。

窓の下の通りを、大型車が一台、静寂を破って走りすぎた。窓枠が、震動で細かく鳴った。

タキ氏が言った。

「あなたは、昨日の騒ぎのあとで、ここへ戻ってきて泊まったのですね?」

「ほかに、行くところはなかったから」

「ではそこのところは問題がなかったわけですね。そのままどこかへ行かれでもしたら、後始末の種が増えていたでしょう」

「——父は、ほんとうに大丈夫でしょうか」

横を向いたまま、娘がぽつりと言った。タキ氏は、テーブルに肘をついた両手を口のあたりに当てていた。少し、喋りにくそうな様子をしていた。

「お会いになりますか?」

「私が?」

「あなたはお客なのですから。何を希望なさろうと、準備はこちらで手配します。昨日の場合は、我々の手を通さずにひとりであれこれなさろうとしたから、少々混乱しただけのことです」

「——私は、死んだあとで、自分の部屋に戻ってきてひと晩寝たわけなんですね」

と、しばらく黙りこんだあとで、ぼんやりした声で娘が言った。

鳩は、まだ窓の外で鳴きつづけていた。

「――こんなことって、ほんとうにあるのかしら。おかしなこと」

「あなたが初めてかもしれません。私の知る限りでは」

「ほかのお客たちは、違うの？」

「あなたの場合は、とにかく特例なのですから。いつもはひと晩足らずであるところを、丸四日ですからね」

「では、逃げだしてひとりで行動したりした例は、ほかにはないの」

「ひと晩足らずの持ち時間では、客は逃げようにもそんな余裕はありませんから。客に逃げられた担当者というのは、私が初めてでしょう」

「そうなの」

娘は、まだ釈然としない様子をしていた。相変わらず横顔を向けたままの姿勢で、視線だけが部屋の全体をゆっくりと見わたしている。

タキ氏は黙っていた。

「全部もとのままだわ」

急に娘が言った。

「こんなこと、予想していなかった。もう半年にもなるというのに」

「予想しなかったというのは？」

「私ね、ほんとうに急に死んだの。死ぬ一週間前までは、どうもだるくて時どき熱が出て。しつこい風邪だとばかり」

淡々と娘は続けた。

「検査して急性肝炎とわかったの。入院すると同時に劇症化して、そこからはあれよあれよという間だったわ――そうね、でも父がこういうタイプだとは思わなかったということよ。半年も経てば、部屋ももう片付けたとばかり。しかも再婚したというのにね」

「不自然に感じますか」

「管理人のおばさんも、そのように言っていたわね」

「――その管理人というのは、あまり事情を知らない人なのですよ」

「何のこと？」

娘は、気のない様子で振りかえった。タキ氏は言った。

「この部屋を、現在使用している者が存在すること。そのことを管理人は知らないでいるわけですよ」

娘は無反応のまま、口を薄くあけている。そして急に、タキ氏は全部を説明しはじめた。

「その人物は、ずっと寄宿舎に入っているので、このアパートに来ることはほとんどないのですが。でも都合によってはこの部屋を使う、そのように最近になって決まったのですよ。つまり再婚相手のほうもやはり再婚だったわけで、その女性に娘がひとり、あなたと同年配の人がいたわけです」

タキ氏はひと息に続けた。

「そしてさきほど少し調べてきたのですが、そちらのお嬢さんは昨夜偶然、無断で寄宿舎をぬけだしていますね。従ってこのままでゆけば、昨夜の泥棒というのはそのお嬢さんだった、ということになりそうなのです。たまたまなのですが、妹と言っても通用するレベルで似ていますので、あなたと」

「まあ」

娘は口を押さえていた。そしてさらに、

「あなたの父親は、昨夜電話に出たのがそのお嬢さんだったのではないかと思っています。勝手に寄宿舎をぬけだしたのかと思って心配し、そして急いでこちらへ戻ってきつつあります。なにしろ、何かよく聞きとれない、意味不明のことばを口走るなり電話を切られてしまったわけですからね。心配なわけでしょう。——ところが、ここで私たちが今、部屋を荒らしていくとすれば、彼女ではなくてただの泥棒だったということになります。そのお嬢さんにしてみれば、まあ、外泊がばれずにすむわけですね」

一気に真相を説明しおえて、タキ氏は黙った。娘は顔をそむけているので、反応はたしかめられなかった。

「——その彼女は、外泊って、なにをやっていたわけなの、本当は」

しばらくして、娘が言った。

「学校で禁止されているロックコンサートに行ったのですよ」

タキ氏の口調は、素っ気なかった。

「寄宿舎のほうはルームメイトにアリバイ工作を頼んでおいて、コンサートのあと同級生の家に泊まっています。彼女としては、母親や新しい義理の父には知られたくないでしょうね」

それから、タキ氏は指を組んで、待機の姿勢になった。

見ているると、娘はゆっくり立ちあがった。そして背を向けて、しばらくのあいだ部屋のあちこちを調べて歩くのを、タキ氏は眺めていた。娘に、いちいち思いあたるふしがあるらしいのが、見ていてもわかった。

そのうちに、娘はふと床に背をかがめた。脱ぎすてた青紫のサンダルをすくいあげると、ぶらぶら歩いてきて、タキ氏の向かいの椅子に横むきにかけた。心中の感情を表に出さない顔つきで、手にしたサンダルをさりげなく観察することだけに熱中しているような様子をしている。――真相をなぜ今まで黙っていたのか、その理由を訊ねることはせず、娘は何気ない調子に別のことを言いだした。

「――四日間、好きなように楽しめってまずお金をもらったでしょう」

娘は言った。

「まっ先に、私買い物に行ったの。楽しかったわ。服と、バッグと、それにこの靴とね。こういう色って今年の流行みたい。去年の夏には、こんな鮮やかな青紫ってサンダルの色にはなかったわ」

「あと二日、買い物のための時間がありますよ」

「え」

娘は、驚いた顔を上げた。今朝になってから初めて、タキ氏と真正面から視線をあわせていた。

「だって」

娘はすこし間を置いて、

「もう連れ戻されるんだと思ってたわ。逃げたりしたんだから——残りの持ち時間は取り消されるんだと思った」

「せっかく四日間という特例を認められたんですからね。今後は、人の持ち分を譲渡してもらうことは無効という方向になりかけていますから、こういう特例はあなたで最後になりそうですよ」

「でもあなたは——」

「二日あれば、買い物でも映画でも。お望みならば遠出もできますよ」

「まるで——まるで、なんだか無茶苦茶ね」

娘は笑いだした。複雑な笑いだったのが、笑っているうちに、笑うことだけに熱中しはじめた様子があった。

「この世に戻ってきて、新しい流行の買い物に新作映画ですって。私みたいなお客、

今までにあったかしら。まるで冗談ね、不謹慎に見えなくて？」

「人間の望むことに、そう違いはありませんよ。どの世にいようと」

「あなたって、いつもこうなの？」

笑いながら、娘は奇妙な目を上げた。

「ビジネスで、お客が何をしでかそうがこんなふうに平然としているの？」

「判断にまかせているわけですよ。その判断の、手助けぐらいはしますが」

タキ氏は言って、

「部屋荒らしにかかりましょうか？　それともまだお望みでしたら、昼近くにはあなたの会いたい相手がここへ来ることになっているようですが」

「部屋荒らしをしましょう」

と、娘は簡潔に言って立った。本当に思いきれたのではないにせよ、少なくともその目は、笑っていた。

「その彼女、外泊がばれては大変でしょうからね。私だって、身に覚えがあるもの、そういうこと」

そして笑いだした。スーツケースのほうへと歩きだし、

「でも待って、その前にお腹が空いてるの。私がお腹が空くなんて、変な話よね」

床の上にケースをあけて、くしゃくしゃに詰めこまれたマーケットの紙袋から、絨緞の上にとめどもなく店をひろげ始めた。そしてひとりで喋りつづけているのを、強くなってきた光線の中で、目を細めながらタキ氏は眺めていた。まぶしそうな目つきをしていた。

——「昨日は結局食べそびれてしまって、ほんとうにぺこぺこよ——どう？——サンドウィッチでしょう、壜ビールに、オレンジとハンバーガーと——まるでピクニックね。それに私、きのうは本物の泥棒みたいに鍵をこじあけて入ってきたの。栓ぬきがないわ」

「台所ですね」

タキ氏は立ちあがった。

どうやらこれで、終わったようだった。

——

ふたりの泥棒たちの話し声は、ほとんど無人の早朝のアパートの一室で、誰の耳に届くこともなく続いている。

「鍵をあける練習は、何のつもりでしていたのですか」

「いつかこっそり夜遊びから戻ってくる時に役立てようと思って。栓ぬき、場所がわからないでしょう、私が」

「わかりますよ」

「そんなことまで知っているの？」

部屋を出ていく靴音に続いて、キッチンの方角で戸棚をあける音がする。娘が、そちらにむかって喋っている。

「人間、特技を身につけていれば、どんな時に役立つかわからないってことね」

「何ですか？」

「針金で鍵をあけることよ。あ、栓ぬき、場所がよくわかったわね」

「これも特技のうちでしょう」

「妙な人ね、おかしな人ね——どういう人なの、あなたって」

タキ氏が答えている。

「ビジネスをやっているだけですよ」

娘の小さな鼻唄と、壜の口から泡が噴きこぼれる音がして、窓の下から鳩がいっせいに飛びたっていく。

——夜はすっかり明けて、六月も末に近い季節の陽ざしが、街にあふれようとしている。

とある国のとある街角、夏のまばゆい陽ざしの下で、片手に書類かばんを下げたダークスーツの日本人同士が、ばったり出くわして喋っている。

「最近、妙にスケジュールがきびしくありませんか」

「上の方がやけにはりきって——なにしろ、商売相手の数には不足がないんだから」

「連続三日、三晩で三件のビジネスですよ。信じられませんね」

「今日もこれから？」

「そちらもですか？」

「百年前の遺族の子孫さがしとかで」

「それぞれに複雑になっていきますね」

その頭上、いま目をさました部屋の住人が、両手いっぱいに窓を左右に押しあけている。

「ああ」

両手いっぱいの朝の陽ざしを真っ向から受けて――

「もう夏なんだわ。まぶしい、あなた目をさましてよ、外はもう夏よ――」

「今日？　今夜ですか？　それは困ります。同時に二件のビジネスは昨日一度だけと言ったはずですが」

街角の電話ボックスで、足元にスーツケースを置いてタキ氏が喋っている。夏の服装の人びとが行きかうなか、歩道の先で、サマージャケットをかかえた青紫のサンダルの娘が立って待っている。

「それは他の人間に回して下さい。いえ、無理です。現在のビジネスが明日の深夜十二時に完了します、それから準備期間を三日おいてからですね。そこのところは徹底すべきだと思います。そうでしょうか？」

まだなの、と娘が呼んでいる。喋りつづけている受話器をフックに置いて、タキ氏は書類かばんとスーツケースを両手に持った。

――誰もいなくなった後も、白く灼けた歩道の上で、公衆電話のベルだけが鳴りつづけている。

『初夏ものがたり』解説

東　雅夫

昭和を代表する「作庭家」として、京都や故地・岡山など西日本を中心に、数多くの寺社などの「枯山水」庭園を設計・施工し、今も人気が高い重森三玲の史跡を求めて、憑かれたように京都界隈の古寺を徘徊するようになったのは、わりあい最近のことである。

幻想文学関連の雑誌編集長を、かれこれ四十年以上も務めて、さすがにそろそろ潮時かな……と思い定め、リストラ覚悟で退任したら、まあ我ながら驚くほどに、余暇の時間がたっぷり（笑）。せっかくなので、前々から気になっていた「三玲さんの庭」を、この機会にじっくり見て廻ろう……と一念発起したというのが、実情に近いだろうか。

編集長退任を機に、父親の故郷である石川県に生活の拠点を移して、ＪＲの特急「サンダーバード」で関西方面に行きやすくなったというのも、「三玲三昧」にのめり込む理由のひとつだった。

コロナ禍このかた、すっかり御無沙汰気味だった京都の町を、久しぶりに気随気ままに散策していると、かつてこの町でお目にかかった作家さんたちや、怪しい名所旧跡のことが、おのずから想起される。

とりわけ「幻想文学」の第三号「幻想純文学」特集でインタビュー取材をお願いして、京都・河原町の某喫茶店で初めてお目にかかった山尾悠子さんのことが、何故かしきりと思い出されるのが不思議だった。

その理由（らしきもの）は、それからさほど日を置かずに、私自身もアッと驚くような偶然の経緯を経て判明した。かつて私は、自分のアンソロジー（『少女怪談』学研Ｍ文庫／二〇〇〇年九月発行）の中に、山尾さんのたいそう印象深い初期短篇「通夜の客」を、収録させていただいたことがあったのだ。

洋館がわの庭が、純和風の林泉庭園であるのに対して、こちらがわの庭は、現代美術館の庭めいた幾何学的なようすになっていた。この庭は最近になってすっかり造園しなおしたもので、洋館のほうが明治浪漫の抒情的で濃厚な雰囲気にあふれているのに、こちらは思いきって造形的な工芸品の感じになっている。（「通夜の客」本書二一〇頁より引用）

「純和風の林泉庭園」「現代美術館の庭めいた」「すっかり造園しなおした」「造形的な工芸品の感じ」……私が密かに思うに、これらのキイ・ワードが暗に示唆しているのは、取りも直さず「三玲さんの庭」の紛れもない特色ではないのか！

重森三玲は若き日、茶の湯と生け花に惹かれつつ日本画家を志していたが、一九三〇年代末頃から翻然、全国各地の名園の実測調査に着手し、膨大な資料を執筆。そのかたわら新たな枯山水庭園の設計に着手し、各地の寺社に点在する荒廃した庭に、みずから「永遠のモダン」と呼ぶ、新たな命を吹き込んでいったのだった……。

もとより私が三玲の作品に注目するようになったのは、せいぜいここ数年のことゆえ、ときおり雑誌に発表される山尾の短篇作品を熱心に追いかけていた若い頃とは、ずいぶんな隔たりがある。

山尾悠子というと、初期短篇の代表作「遠近法」以来の、澁澤龍彦や塚本邦雄やボルヘスの世界を思わせるような異世界を舞台に、人とも人以外のモノともつかぬ胡乱《うろん》な存在が乱舞する世界を、硬質で透徹した文体で描き出す作家というイメージが強いのだろうが、ごく稀に（一見すると）普通の日常世界を舞台にした作品も手掛けており（この分野での代表作を挙げるならば、やはり初期の短篇「月蝕」だろうか……）、その系列の中でも何より注目に値する佳品が、この「初夏ものがたり」連作であると、私は以前から確信めいたものを抱いていたのだった。

ここで「幻想文学」第三号のインタビュー「世界は言葉でできている」の中から、「月蝕」や「初夏ものがたり」に関わるくだりを、引いておこう。

――ところで、山尾さんの作品には、「夢の棲む街」「遠近法」や『仮面物語』など、一種の〝幻想空間〟をテーマにしたものと、「月蝕」あたりから「初夏ものがたり」へつながるものと、二つの流れがあるように思うのですが。

山尾　「月蝕」ですかあ、あれはちょっとした冗談です。

――さりげなさがたまらないというミーハー的見解も一部にはあるようですが。

（引用者註　これは申すまでもなく、質問者であるヒガシの個人的見解であった……）

山尾　えー、そんなこと言われたの初めてですよ。あの頃はまだほんとに学生だったので、もう冗談冗談って感じで（笑）。

――「初夏ものがたり」は？

山尾　あれは女の子向けの雑誌に書いたものだし……全然もう書き方が違いますからね。「夢の棲む街」なんて、八十枚の短篇ですけど書くのに六ヶ月かかってます。「初夏ものがたり」だと、あれたしか二百枚程ですけど、一晩三十枚で書きました（笑）。

……とまあ、そのときは見事に躱《かわ》されてしまったのだけれども、月日が経ち、こうして『よるくま』の（！）酒井駒子さんによる描き下ろしの装画が付いた瀟洒な文庫版として復刊されたということは、私の身勝手な憶測も、あながち当たらずとも遠からずだったのではないかと、心秘かに思っている次第。小さな声で賛同してくださる山尾ファンも、決して少なくはなかろうと忖度してみたり……（笑）。

さて「初夏ものがたり」所収の四篇は、いずれも童女の面影をとどめた愛らしい女性たちがヒロインとなり、物語の狂言廻しにして核となる不思議な男性――「タキ氏」と彼女たちの、束の間の、哀切で心に残る邂逅ぶりが、一気呵成な筆致で描かれている。

この世とあの世の仲介者ともいうべき奇妙なビジネスマンのタキ氏は、手を触れるだけで生者の記憶の一部を消去することができる特殊な能力を有しているらしい。

ちなみに、このときのインタビュー中では敢えて省いたのだが、この「タキ氏」には意外な文学的モデルがあるとのこと。そう、ミステリーの巨匠アガサ・クリスティーが生み出した、玄妙不可思議なる名探偵「クィン氏」だ（流布本に『謎のクィン氏』石田英士訳／ハヤカワ文庫ほか）。云われてみれば、なるほど、両者の謎めいた言動や神出鬼没な物腰には、何かと共通する点が多い。

クィン氏のキャラクターは、数ある古今東西の探偵の中でもきわめて異彩を放つものである。イギリスでクリスマスと大みそかの間に行われるパントマイムの道化役者《ハーリクイン》を少女時代のクリスティーが見ていたのは明らかで、その記憶にクィン氏の原型が認められるのだが、本文中にもいくつかそれを暗示する描写がなされている。（前掲書の解説「不思議な探偵クィン氏」より）

この「タキ氏」ならぬ「クィン氏」もまた、いかにも山尾さん好みのキャラクターだよなあ……と、京都・河原町の喫茶店内で感じ入ったことを、懐かしく想い出す。

本書は、著者が云うように「一晩三十枚で」書いた若書きの作品かも知れないが、若書きには若書きならではの良さがある……長い作家人生の中の、ある瞬間でなければ決して書けないような、ある種の瑞々しい勢い、得がたい魅力があると、私は思っている。

今回の復刊を機に、本書の初心な魅力が、より多くの読者に伝わるならば、これに勝る歓びはない。

二〇二四年五月　澁澤龍彥と『初夏ものがたり』の生誕月である、この季節に記す。

この作品は、一九八〇年八月一五日、集英社文庫コバルトシリーズより刊行された『オットーと魔術師』に収録された「初夏ものがたり」に、酒井駒子の挿絵を加えたものである。

おまじない　西加奈子

さまざまな人生の転機に思い悩む女性たちに、そっと寄り添ってくれる、珠玉の短編集、いよいよ文庫化！　巻末に長濱ねると著者の特別対談を収録。

通天閣　西加奈子

このしょーもない世の中に、救いようのない人生に、ちょっぴり暖かい灯を点す驚きと感動の物語。第24回織田作之助賞大賞受賞作。（津村記久子）

沈黙博物館　小川洋子

「形見じゃ」老婆は言った。死の完結を阻止するために形見が盗まれる。死者が残した断片をめぐるやさしくスリリングな物語。（堀江敏幸）

注文の多い注文書　小川洋子　クラフト・エヴィング商會

バナナフィッシュの耳石、貧乏な叔母さん、小説に隠された〈もの〉をめぐり、二つの才能が火花を散らす。贅沢で不思議な前代未聞の作品集。（平松洋子）

図書館の神様　瀬尾まいこ

赴任した高校で思いがけず文芸部顧問になってしまった清（きよ）。そこでの出会いが、その後の人生を変えてゆく。鮮やかな青春小説。（山本幸久）

僕の明日を照らして　瀬尾まいこ

中2の隼太に新しい父が出来た。優しい父はしかしDVする父でもあった。この家族を失いたくない！　隼太の闘いと成長の日々を描く。（岩宮恵子）

星間商事株式会社社史編纂室　三浦しをん

二九歳「腐女子」川田幸代、社史編纂室所属。恋の行方も友情の行方も五里霧中。仲間と共に「同人誌」を武器に社の秘められた過去に挑む!?（金田淳子）

ラピスラズリ　山尾悠子

言葉の海が紡ぎだす、〈冬眠者〉と人形と、春の目覚めの物語。不世出の幻想小説家が20年の沈黙を破り発表した連作長篇。補筆改訂版。（千野帽子）

聖女伝説　多和田葉子

少女は聖人を産むことなく自身が聖人となれるのか？　著者の代表作にして性と生と聖をめぐる少女小説の傑作がいま蘇る。書き下ろしの外伝を併録。

ピスタチオ　梨木香歩

棚（たな）がアフリカを訪れたのは本当に偶然だったのか。不思議な出来事の連鎖から、水と生命の壮大な物語「ピスタチオ」が生まれる。（管啓次郎）

包帯クラブ　天童荒太

傷ついた少年少女達は、戦わないかたちで自分達の大切なものを守ることにした。生きがたいと感じるすべての人に贈る長篇小説。大幅加筆して文庫化。

つむじ風食堂の夜　吉田篤弘

それは、笑いのこぼれる夜。――食堂は、十字路の角にぽつんとひとつ灯をともしていた。クラフト・エヴィング商會の物語作家による長篇小説。

虹色と幸運　柴崎友香

珠子、かおり、夏美。三〇代になった三人が、人に会い、おしゃべりし、いろいろ思う一年間。移りゆく季節の中で、日常の細部が輝く傑作。（江南亜美子）

変半身《かわりみ》　村田沙耶香

孤島の奇祭「モドリ」の生贄となった同級生を救った陸と花蓮は祭の驚愕の真相を知る。悪夢が極限まで疾走する村田ワールドの真骨頂！（小澤英実）

君は永遠にそいつらより若い　津村記久子

22歳処女。いや「女の童貞」と呼んでほしい――。日常の底に潜むうっすらとした悪意を独特の筆致で描く。第21回太宰治賞受賞作。（松浦理英子）

アレグリアとは仕事はできない　津村記久子

彼女はどうしようもない性悪だった。すぐ休み単純労働をバカにし男性社員に媚を売る。大型コピー機とミノベとの仁義なき戦い！（千野帽子）

さようなら、オレンジ　岩城けい

オーストラリアに流れ着いた難民サリマ。言葉も不自由な彼女が、新しい生活を切り拓いてゆく。第29回太宰治賞受賞・第150回芥川賞候補作。（小野正嗣）

星か獣になる季節　最果タヒ

推しの地下アイドルが殺人容疑で逮捕⁉ 僕は同級生のイケメン森下と真相を探るが――。歪んだピュアネスが傷だらけで疾走する新世代の青春小説！

とりつくしま　東直子

死んだ人に「とりつくしま係」が言う。モノになってこの世に戻れますよ。妻は夫のカップに弟子は先生の扇子になった。連作短篇集。（大竹昭子）

ポラリスが降り注ぐ夜　李琴峰

多様な性的アイデンティティを持つ女たちが集う二丁目のバー「ポラリス」。国も歴史も超えて思い合う気持ちが繋がる7つの恋の物語。（桜庭一樹）

品切れの際はご容赦ください

土曜日は灰色の馬　恩田陸

顔は知らない、見たこともない。けれど、おはなしの神様はたしかにいる——。あらゆるエンタメを味わい尽くす、傑作エッセイを待望の文庫化！

この話、続けてもいいですか。　西加奈子

ミッキーこと西加奈子の目を通すと世界はワクワク、ドキドキ輝く。いろんな人、出来事、体験がてんこ盛りの豪華エッセイ集！（中島たい子）

なんらかの事情　岸本佐知子

エッセイ？　妄想？　それとも短篇小説？　……モヤッとするのに心地よい！　翻訳家・岸本佐知子の頭の中を覗くような可笑しな世界へようこそ！

絶叫委員会　穂村弘

町には、偶然生まれては消えてゆく無数の詩が溢れている。不合理でナンセンスで真剣だからこそ可笑しい、天使的な言葉たちへの考察。（南伸坊）

柴田元幸ベスト・エッセイ　柴田元幸編著

例文が異常に面白い辞書。名曲の斬新過ぎる解釈。そして工業地帯で育った日々の記憶。名翻訳家が自ら選んだ、文庫オリジナル決定版。

翻訳教室　鴻巣友季子

「翻訳をする」とは一体どういう事だろう？　第一線の翻訳家とその母校の生徒達によるとっておきの超・入門書。スタートを切りたい全ての人へ。

買えない味　平松洋子

一晩寝かしたお芋の煮っころがし、土瓶で淹れた番茶、風にあてた干し豚の滋味……日常の中にこそある、おいしさを綴ったエッセイ集。（中島京子）

杏のふむふむ　杏

連続テレビ小説「ごちそうさん」で国民的な女優となった杏が、それまでの人生を、人との出会いをテーマに描いたエッセイ集。（村上春樹）

たましいの場所　早川義夫

「恋をしていいのだ。今を歌っていくのだ」。心を揺るがす本質的な言葉。文庫用に最終章を追加。帯文＝宮藤官九郎　オマージュエッセイ＝七尾旅人

うれしい悲鳴をあげてくれ　いしわたり淳治

作詞家、音楽プロデューサーとして活躍する著者の小説&エッセイ集。彼が「言葉」を紡ぐと誰もが楽しめる「物語」が生まれる。（鈴木おさむ）

杉浦日向子ベスト・エッセイ　杉浦日向子

初期の単行本未収録作品から、若き晩年、自らの生と死を見つめた名篇までを、多彩な活躍をした人生の軌跡を辿るように集めた、最良のコレクション。

お江戸暮らし　杉浦日向子

江戸にすんなり遊べる幸せ。漫画、エッセイ、語りと江戸の魅力を多角的に語り続けた杉浦日向子の作品群から、精選して贈る、最良の江戸の入口。

向田邦子シナリオ集　向田邦子／向田和子編

いまも人々の胸に残る向田邦子のドラマ。「隣りの女」「七人の刑事」など、テレビ史上に残る名作、知られざる傑作をセレクト収録する。（平松洋子）

甘い蜜の部屋　森茉莉

天使の美貌、無意識の媚態。薔薇の蜜で男たちを溺れ死なせていく少女モイラと父親の濃密な愛の部屋。稀有なロマネスク。（矢川澄子）

貧乏サヴァラン　森茉莉／早川暢子編

オムレット、ボルドオ風茸料理、野菜の牛酪煮……。食いしん坊茉莉は料理自慢。香り豊かな〝茉莉ことば〟で綴られる垂涎の食エッセイ。文庫オリジナル。

紅茶と薔薇の日々　森茉莉／早川茉莉編

天皇陛下のお菓子に洋食店の味、庭に実る木苺……森鷗外の娘にして無類の食いしん坊、森茉莉が描く懐かしく愛おしい美味の世界。（辛酸なめ子）

遊覧日記　武田百合子／武田花・写真

行きたい所へ行きたい時に、つれづれに出かけてゆく。一人で。または二人で。あちらこちらを遊覧しながら綴ったエッセイ集。（巖谷國士）

ことばの食卓　武田百合子／野中ユリ・画

なにげない日常の光景やキャラメル、枇杷など、食べものに関する昔の記憶と思い出を感性豊かな文章で綴ったエッセイ集。（種村季弘）

クラクラ日記　坂口三千代

戦後文壇を華やかに彩った無頼派の雄・坂口安吾との、嵐のような生活を妻の座から愛と悲しみをもって描く回想記。巻末エッセイ＝松本清張

矢川澄子ベスト・エッセイ
妹たちへ　矢川澄子／早川茉莉編

澁澤龍彥の最初の夫人であり、孤高の感性と自由な知性の持ち主であった矢川澄子。その作品に様々な角度から光をあて織り上げる珠玉のアンソロジー。

わたしは驢馬に乗って下着をうりにゆきたい　鴨居羊子
新聞記者から下着デザイナーへ。斬新で夢のある下着を世に送り出し、下着ブームを巻き起こした女性起業家の悲喜こもごも。（近代ナリコ）

遠い朝の本たち　須賀敦子
一人の少女が成長する過程で出会い、愛しんだ文学作品の数々を、記憶に深く残る人びとの想い出とともに描くエッセイ。（末盛千枝子）

神も仏もありませぬ　佐野洋子
還暦……もう人生おりたかった。でも春のきざしの蕗の薹に感動する自分がいる。意味なく生きても人は幸せなのだ。第3回小林秀雄賞受賞。（長嶋康郎）

私はそうは思わない　佐野洋子
佐野洋子は過激だ。ふつうの人が思うようには思わない。大胆で意表をついたまっすぐな発言をする。だから読後が気持ちいい。（群ようこ）

色を奏でる　志村ふくみ・文　井上隆雄・写真
色と糸と織——それぞれに思いを深めて織り続ける染織家にして人間国宝の著者の、エッセイと鮮かな写真が織りなす豊醇な世界。オールカラー。

老いの楽しみ　沢村貞子
八十歳を過ぎ、女優引退を決めた著者が、日々の思いを綴る。齢にさからわず、「なみ」に、気楽に、と過ごす時間に楽しみを見出す。（山崎洋子）

おいしいおはなし　高峰秀子編
向田邦子、幸田文、山田風太郎……著名人23人の美味な思い出。文学や芸術にも造詣が深かった往年の大女優・高峰秀子が厳選した珠玉のアンソロジー。

パンツの面目ふんどしの沽券　米原万里
キリストの下着はパンツか腰巻か？　幼い日にめばえた疑問を手がかりに、人類史上の謎に挑んだ、抱腹絶倒&禁断のエッセイ。（井上章一）

新版　いっぱしの女　氷室冴子
時を経てなお生きる言葉のひとつひとつが、呼吸を楽にしてくれる——。大人気小説家・氷室冴子の名作エッセイ、待望の復刊！（町田そのこ）

真似のできない女たち　山崎まどか
彼女たちの真似はできない、しかし決して「他人」でもない。シンガー、作家、デザイナー、女優……唯一無二で炎のような女性たちの人生を追う。

品切れの際はご容赦ください

茨木のり子集　言の葉（全3冊）　茨木のり子
しなやかに凜と生きた詩人の歩みの跡を、詩とエッセイで編んだ自選作品集。単行本未収録の作品なども収め、魅力の全貌をコンパクトに纏める。

一本の茎の上に　茨木のり子
「人間の顔は一本の茎の上に咲き出た一瞬の花である」表題作をはじめ、敬愛する山之口貘等について綴った香気漂うエッセイ集。（金裕鴻）

詩ってなんだろう　谷川俊太郎
谷川さんはどう考えているのだろう。その道筋にそって詩を集め、選び、配列し、詩とは何かを考えるおおもとを示しました。（華恵）

山頭火句集　種田山頭火　村上護編　小﨑侃・画
自選句集「草木塔」を中心に、その境涯を象徴する随筆も精選収録し、〝行乞流転〟の俳人の全容を伝える一巻選集！（村上護）

尾崎放哉全句集　村上護編
「咳をしても一人」などの感銘深い句で名高い自由律の俳人・放哉。放浪の旅の果て、小豆島で破滅型の人生を終えるまでの全句業。（村上護）

放哉と山頭火　渡辺利夫
エリートの道を転げ落ち、引きずる死の影を詩いあげる放哉。各地を歩いて生きて在ることの孤独と寂寥を詩う山頭火。アジア研究の碩学による省察の旅。

笑う子規　正岡子規＋天野祐吉＋南伸坊
「弘法は何と書きしぞ筆始」「猫老て鼠もとらず置火燵」。天野さんのユニークなコメント、南さんの豪快な絵を添えて贈る愉快な子規句集。（関川夏央）

絶滅寸前季語辞典　夏井いつき
「従兄煮」「蚊帳」「夜這星」「竈猫」……季節感が失われ、風習が廃れて消えていく季語たちに、新しい命を吹き込む読み物辞典。（茨木和生）

絶滅危急季語辞典　夏井いつき
「ぎぎ・ぐぐ」「われから」「子持花椰菜」「大根祝う」……消えゆく季語に新たな命を吹き込む読み物辞典。超絶季語続出の第二弾。（古谷徹）

詩歌の待ち伏せ　北村薫
〝本の達人〟による折々に出会った詩歌との出会いが生んだ名エッセイ。これまでに刊行されていた3冊を合本した〈決定版〉。（佐藤夕子）

ちくま文庫

初夏《しょか》ものがたり

二〇二四年六月十日　第一刷発行
二〇二四年八月五日　第三刷発行

著者　山尾悠子（やまお・ゆうこ）
挿絵　酒井駒子（さかい・こまこ）
発行者　増田健史
発行所　株式会社　筑摩書房
東京都台東区蔵前二—五—三　〒一一一—八七五五
電話番号　〇三—五六八七—二六〇一（代表）
装幀者　安野光雅
印刷所　株式会社精興社
製本所　株式会社積信堂

ISBN978-4-480-43955-0　C0193